クラスで2番目に可愛い女の子と友だちになった

たかた [イラスト] 長部トム

「朝凪、最近機嫌よくない？
もしかしてなんかいいことでもあった？」
「え、そうなの？
海、私にも教えてよ～」
✦天海夕 —— あまみ ゆう
誰もが認めるクラスNo.1美少女。
海とは小学校からの親友。
✦新田新奈 —— にった にな
海や夕と良く行動している。
友達思いだが、友達とそうでない
人との対応の差が激しい。

「何言ってんの。
これが私のいつも通りでしょ」
朝凪海──あさなぎうみ
成績優秀で人当たりもよく、
男子からは『クラスで2番目に
可愛い女の子』と呼ばれている。

DESTROY
✦ 前原真樹 —— まえはら まき
転校続きで友達の作り方を知らぬまま
高校生になるも、趣味が合う海と意気投合。
彼女が初めての友達に。

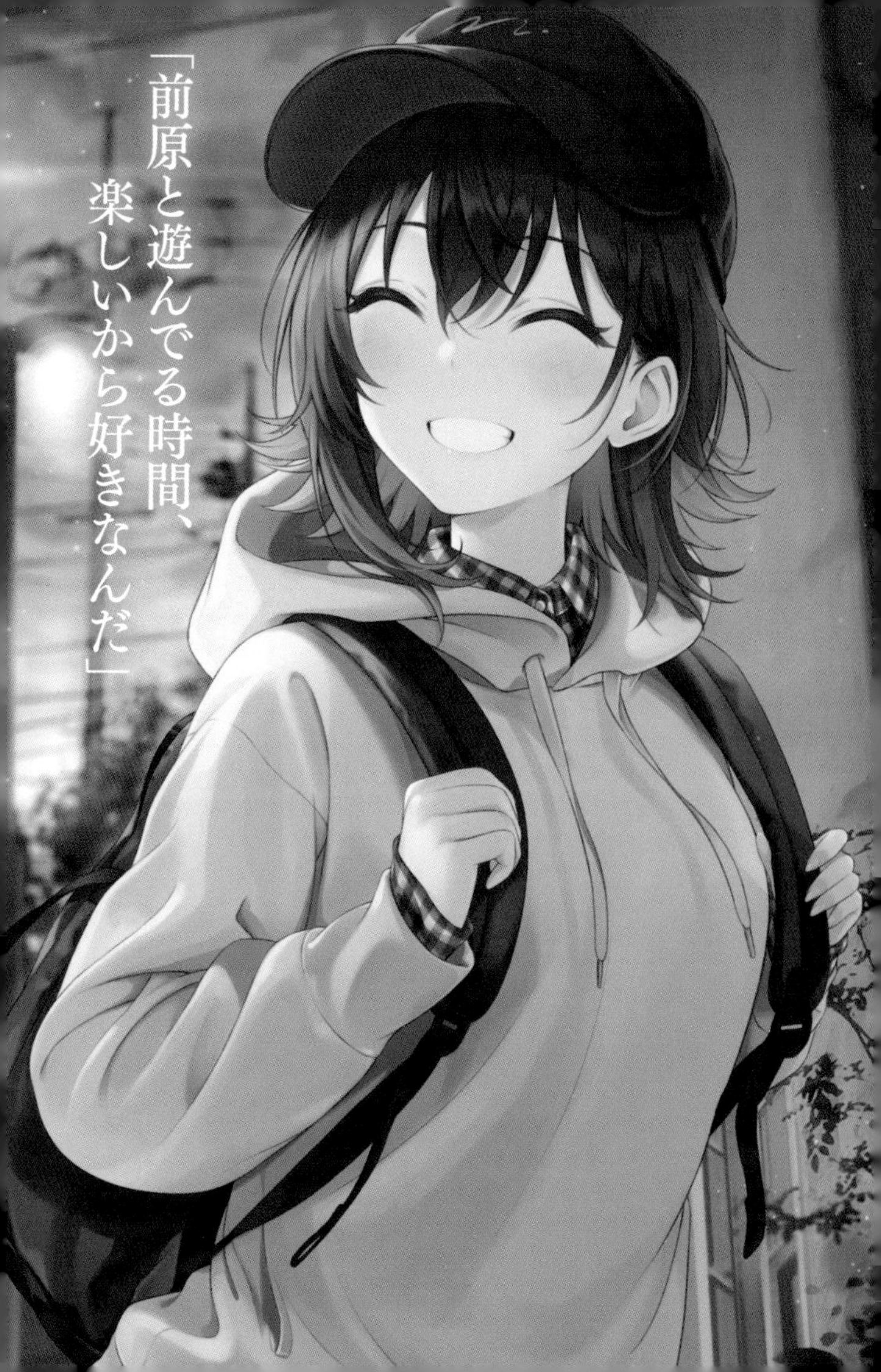
「前原と遊んでる時間、
楽しいから好きなんだ」

朝凪のほうを振り向こうとした瞬間、
ふわりとした甘い匂いと
柔らかい感触に、俺は包み込まれる。
朝凪に後ろから抱きしめられている——
そう気づいたのは、朝凪が俺の体に
腕を回してから数秒遅れてのことだった。
「え？　え？」
「……前原の、バカ」

ねえねえ、前原

なに？　なんか用？

ふふ、さて、何の用でしょうか？　当ててごらん？

自分から絡んでおいてクイズ出してこないで

いいじゃん別に。どうせ前原も暇なんだし、ちょっとぐらい遊ぼうよ

俺、退屈してるなんて一言も言ってないんだけど……

じゃあ、忙しいの？

……しょうがないからちょっとだけ付き合ってあげるよ

その前に質問は？　忙しい？　仕事と私どっちが大事なの？

質問の内容変わってんだよなあ……

まあ、暇だし、朝凪のことは大事だけど

……ふ～ん

なに

前原、私のこと大事に思ってくれてるんだ～って思って

……ごめん、今の忘れて

え～どうしよっかな～

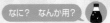

クラスで2番目に可愛い女の子と友だちになった

たかた

角川スニーカー文庫

22932

CONTENTS

I became friends
with the second cutest girl
in the class.

目次

design work ✦ AFTERGLOW

illustration ✦ 長部トム

CONTENTS

プロローグ

俺は春が苦手だ。

もちろん、気候のことを言っているのではない。暖かな日差しと穏やかに頬《ほお》を撫《な》でるそよ風、マンションのベランダから見下ろす川沿いの桜の木と、道を埋め尽くす桜色の絨毯《じゅうたん》——そういう春らしい景色は好きだ。俺は人より特に寒がりで冬が天敵なので、そういう意味で言えばむしろ待ちわびていた季節でさえある。

ではいったい、春の何が問題なのかというと。


「うわぁぁぁ、やばっ、寝坊しちゃったあああああ！　ちょっと真樹《まき》、なんで起こしてくれなかったの？　7時までに起きてこなかったらよろしくってお願いしたのに……」

「俺はちゃんと起こしたよ。母さんだって『大丈夫』って言ってたろ？」

「自己申告の『大丈夫』は信用しちゃダメよ。家庭の医学にも多分そう書いてあるし」

「ねーよ……いや、あるかもしれないけどさ。で、朝ご飯は？」

「コーヒーだけちょうだい」

「はいはい」

慌ただしい様子で出勤の支度をする母・真咲《まさき》へ、俺、前原《まえはら》真樹は眠気覚ましがわりのホットコーヒーを差し出す。毎日仕事で忙しい母さんの睡眠時間をできるだけ長く確保させてやるため、朝の食事当番は俺がすることに決めている。

「真樹、高校の制服、どう？」

「どうって言われても……着心地ってことなら、まあ普通かな。普通」

「またそんなそっけないこと言って」

「そう言われても、制服なんて学生服かブレザーかの二択だし」

母さんがすやすやと幸せそうに二度寝をきめている最中に、俺のほうはすでに支度を終えていた。

少し明るめの灰色のブレザー。親の仕事の都合で転校ばかりだった中学生以前はずっと学生服だったので、ひさしぶりのネクタイに首元がなんだか落ち着かない。

「うん。制服だし、うん、そんなもんよね」

「なんだよその間は……似合ってないならはっきり言ってくれていいけど」

「ちょっと今の真樹にはサイズが大きいだけよ。来年、再来年になればきっと似合うようになるわ」

「制服の採寸の時に測った俺の身長、中三の時と較《くら》べて1ミリ縮んでたんだけど」

大して成長していないくせに早熟型だなんて信じたくないが……来年も同じような状況だとさすがに目も当てられない。

「ま、心配しなくてもきっと大丈夫よ。アンタは私の息子なんだから」

「今この瞬間で一番説得力が無い言葉なんだけど大丈夫？」

……とりあえず、制服の袖とズボンの裾の直しを今からでも考えておいたほうがいいかもしれない。

「さてと。それじゃ、母さんはもう行くから」

「いってらっしゃい。今日の仕事も相変わらず？」

「通常営業」

母さんは、最寄り駅から電車で三十分ほどの場所にある小さい出版社で働いていて、帰りはほとんど深夜の上、繁忙期になると泊り込みになることも多い。体のことは心配だが、母さんと二人暮らしである現状、家計面でそうも言っていられない。

「ねえ、真樹」

見送りのために玄関までついていくと、母さんがぼそりと呟《つぶや》いた。

「なに？」

「……友達、できるといいね」

「……別にできなくてもなんとかなるし」

「あら、強がっちゃって。本当は寂《さみ》しがり屋《や》のくせに」

「う、うるさいな。俺のことはいいから、ほら、さっさと行った行った」

「あ、もう……それじゃ、今日もいっちょ稼いでくるわ」

「そういうこと。じゃ、行ってらっしゃい」

「行ってきます」

いつものように廊下を小走りに駆けていく母さんの背中を見送った後、俺はキッチンの片付けを始める。

「友達は……そりゃ、いるにこしたことはないと思うけど……でも」

季節は春。４月。

新年度、新学期——別れの時期である初春を過ぎて、新しい出会いが始まる月。

そんな春のことを、俺は大の苦手にしていた。

○

入学式を終えて、最初のＨＲ。

これからの高校生活を良くしていきたいと思うのであれば、ここは無難にこなさなければならない。

　クラスメイトとの初顔合わせで最初にやることと言えば、もちろん。

「え〜……み、みにゃさっ……みなさん！」

「先生、一番大事な時に初《しょ》っ端《ぱな》で噛《か》むってどういうことっすか、も〜」

　まだ顔も名前も知らない生徒たちから突っ込みが入った瞬間、緊張していたクラスの空気が和らいだ。

「ごめんねみんな、初めての担任だからちょっと緊張しちゃって……え〜、私の名前は八《や》木沢美紀《ぎさわみき》です。今日から一年間、よろしくお願いします……ふ、ふう、言えた」

「先思いやられる〜」

　担任としては心配だが、先に先生が恥をかいてくれたおかげで、クラスの雰囲気は悪くないと言える。

　話を聞くと、今までは副担任ばかりで、こうして担任を務めるのは初めてとのことで、微妙な空回り具合も納得だった。

「……まあ、私の紹介はこの辺にしておいて、今度はみんなのことを教えてくれると嬉《うれ》しいな〜……ってことで、定番だけど、これから残りの時間は自己紹介タイムにします」

　来た。新しい学年になると必ず訪れる嫌な時間が。

　自己紹介なんてこれまで何度もやっていることだが、いつもいつも緊張してしまう。

皆等しく、クラスからの視線が一斉に集まる回避不可のイベント。

「とりあえず出席番号順で始めようかと思うんだけど……その前に、我こそはトップバッターっていう目立ちたがりさんはいる？」

「「…………」」

八木沢先生が手を上げてクラス全員を見渡すものの、この時ばかりは、俺含め全員が標的にならないよう、さりげなく目線を逸《そ》らした。

「はい、知ってました。ってことで、こんなもの作ってみました。……はい、一枚ずつとって後ろの人に回してー」

クラス名簿に挟んであった封筒の中から先生が取り出したのは、大きめの名刺ほどのサイズの紙きれ。

（うわ、こういうやつか……）

前の席から回ってきた紙きれを見た瞬間、少しだけ重い気分になった。

☆　自己紹介カード

名前：
出身中：

趣味・特技：
好きなもの（食べ物、人など）：
クラスの皆に一言：

「カードに必要事項を書いてもらって、それをいったん集めて先生のほうでランダムに引きます。そのカードの記載内容を元に先生が色々質問するから、みんなはそれに答える……どう？　最初のHRの一時間、どうやって潰そうか考えた私がひねり出した苦肉の策なんだけど」

先生の余計な一言は措《お》いておくとして、質問の内容を統一するのは平等と言えばそうだが、俺のように『〇〇です、よろしくお願いします（終わり）』勢にとっては少々辛《つら》い。

名前や出身中学はともかく、その他はちょっと悩んでしまう。

しかし、だからといって無記名というわけにもいかないので、無難に終わってくれるよう祈りながら、ひとまず質問を全て埋めることに。

まあ、クラスの人数を考えれば、一人当たりの所要時間なんて2分もないぐらいだから、そこまで突っ込まれることもないだろう。

後は、なるべく先生や皆の集中力が落ちてきた後半あたりに順番が回ってくれれば適当に流してくれ——

「はい、じゃあ栄えあるトップバッターは……えーっと、前原君？」

「………」

……なぜそうなる。

「前原君？　どこ？」

「……はい」

今までこういう貧乏くじは引いたことがなかったが……早くも先行きが不安な高校生活のスタートだった。

ちなみに俺の自己紹介の間のことだが、緊張のあまり記憶に残っていない。

まあ、普通に失敗したことだけは確かだ。

今まで友達はおろか、顔見知りレベルの同級生すらいない俺には、トップバッターはさすがに荷が重かった。


ひとまずトップバッターの役を果たし、見事に爆死した俺は、その後のクラスメイトたちの自己紹介をぼんやりと眺めていた。

俺が初っ端に躓《つまず》いたおかげで『こいつ以下はない』と安心したのだろう、自己紹介は和気あいあいとした空気で順調に進んでいた。

参考までに自己紹介カードに記載した内容は以下。

名前：前原真樹
出身中：松原《まつばら》中
趣味・特技：ゲームなど
好きなもの（食べ物、人など）：とくになし
クラスの皆に一言：よろしくお願いします。

まあ、今考えてみれば先生が突っ込みたくなる気持ちもわからないでもない。トップバッターがこんな感じだと、予定よりも随分早くHRが終わってしまうからだ。

記憶にある範囲で先生とのやりとりを思い出すと、

『前原君は松原中……ってどこ？　ここらへんの学区じゃないよね？』

『隣県です。中三の冬にここの近くに引っ越してきました。まあ、家庭の事情ってやつで』

『あっ、そういう……後は特技・趣味がゲームと……まあ、ね。最近は村づくりのゲームとか流行《はや》ってるのは知ってるしいいんだけど。好きなもの《とくになし》ってのは……週末とか、ちょっと楽しみにしてることとかもない？』

『……まあ、強いて言えば一つだけ』

『お、あるじゃん。そういうのちょうだいよ。で、なにかな？』

『え、えっと……金曜日は母が仕事で、家で一人なんで……そうっすね、出前でピザとか取ったりして、コーラとか飲みながら居間の大きなテレビでだらだらとゲームしたり、パソコンで動画見たりとか……』

『え～……他には？』

『ほ、他には……そうですね、映画とか』

『いいじゃん。で、どんなの見るの？』

『サ、サメ映画とかワニ映画とか……しかも所謂《いわゆる》Ｂ級映画的なヤツが好き……かなと。強いて言うとそんなもん、ですかね……』

『お、おお……サメにワニね』


話を盛ったり嘘《うそ》をつくのは気が引けたので包み隠さず正直に答えたが、今となってはバカ正直すぎたかもしれない。映画は映画でもニッチなところを突きすぎた。

とにかく、これでクラス内での俺の立ち位置はほぼ決まったようなものだ。

ただ、ぼっちをこじらせている人間なので、たとえ爆死しなかったとしても結果は変わらなかったかもしれないが。

「じゃあ次は……えっと、天海《あまみ》さん？」

「はーい！」

あと残り十人といったところで、大きく朗らかな声が教室に響き渡った。

ふわりと靡《なび》く金色の長髪と、マリンブルーの輝きを湛《たた》えた瞳の美少女。

その姿に、クラス中——いや、主に男子生徒の目が釘付《くぎづ》けになった。

そこには当然俺も含まれているが、周りと較《くら》べて明らかに目立つ容姿もあって、個人的には、まるで空想の世界から飛び出してきたような、どこか現実感のなさを感じていた。

「お天道様の天に海、夕方の夕で天海夕《ゆう》です！　先生、それにクラスのみんな、これから一年間よろしくお願いします！」

「うん、こちらこそ。……えっと、羨ましいぐらい綺麗《きれい》な髪だけど、そこらへんのことって訊《き》いちゃっても大丈夫？」

「もちろんです。えっと、お婆《ばあ》ちゃんが外国の人なんですけど、若い頃にそっくりだって良く言われます」

そういうこともあるのか。子供のころからいくつかの学校を転々と渡り歩いてきた俺だが、ここまではっきりと目立つ容姿をしている人は初めてだ。

「出身中学は橘《たちばな》女子……ここ基本エスカレーター式じゃなかったっけ？」

「ですね。でも、周りは女の子しかいないので、やっぱり高校は共学がいいかなって……ね、海《うみ》？」

「……いきなりこっちに振るなし」

と、ここで天海さんが前の席にいた女子に声をかけた。

ショートカット気味の、どちらかというとボーイッシュな印象を与える女の子。俺の座っている席からだと横顔しかうかがえないが、目鼻立ちの整った、綺麗な顔をしていると思う。

天海さんがいなければ、きっと彼女がクラスのアイドルになっていただろう。

——なあ、ウチのクラス、何気にレベル高くね？

——な。もしかしたら俺たちラッキーかも。

そんな声がどこからか聞こえてくる。

「ねえ海、ほら、せっかくだからこの勢いで自己紹介しちゃお？　先生、いいですよね？」

「うん。時間もちょっと押してるし、お願いできるかな？　朝凪《あさなぎ》さん」

「適当だなあ……まあ、いいですけど」

先生に指名を受けた朝凪さんが、ため息をつきながらも行儀よく立ち上がった。

すらりとした体形で、身長も女子にしては高いほうか。おそらく、小柄な俺よりも少しだけだが高いだろう。……つらい。

「朝凪海といいます。出身中学は後ろに同じです。まさか高校になっても同じクラスとか正直うんざりです。私は疲れたので、皆さんでどうか可愛《かわい》がってあげてください」

「ちょっ、海ってばひどくない？　それじゃあ私、まるで捨て犬みたいじゃん」

「そ？　じゃあ、『大人しい性格です。噛《か》んだりすることはありません』ってことで」

「それ完全に犬じゃん！　みたいじゃなくなってるよ！」

そんな二人のやりとりに、クラス中から笑い声が漏れる。

会話の内容だけ聞くとギスギス感がすごいが、二人の楽しげな様子を見る限り、あれが彼女たちにとっての日常なのだろう。

あの二人が、これから一年間クラスの中心となる。今のやり取りで俺はそう思った。

まあ、俺にはどこまでいっても関係のない話なのだけれど。


そうして、当然のごとくクラスの中で浮いてしまった俺は、そこから数か月間、高校生活でもぼっちを貫くこととなった。

一か月もあれば新たなコミュニティがあらかた固まってしまう状況で、数か月。

はっきり言って絶望的だ。

学校と家を往復し、休日は家で終日過ごすというまったく代わり映えのしない日常。

一人でいるのには慣れている。かといって、別に孤独が好きなわけでもない。

放課後になっても、しばらく教室でくだらないバカ話に花を咲かせたり、仲間とともに部活に励んだり……正直に言えば、そういうのに憧れた時期はあった。

だが、一度こじらせてしまった性根を矯正することも、そうしようとする勇気もだんだん薄れていて。

――友達なんていなくても、なんとかやっていける。

そうやって、いつか母さんに言ったセリフを自らに言い聞かせていたのだが。


『(朝凪) ねえ前原、今日そっち遊びいきたいんだけど、いいよね?』


これまで両親以外に連絡先が登録されていなかったスマホに、メッセージが届く。

そう。こんな俺に、初めての友達ができた。

それも女の子。

友達の名前は、朝凪さん。

『クラスで2番目に可愛い女の子』である。

1. 朝凪海という女の子

朝凪《あさなぎ》さんに『クラスで2番目に可愛い女の子』という称号（主にクラスの男子連中が陰で言っている）がついたのは、入学式の後。

その理由は、朝凪さんの親友でもある天海《あまみ》さんの存在だった。

「は〜、ようやく今週も終わった〜。ねえ海《うみ》、5限と6限をうたた寝のみで切り抜けた私を褒めて〜？」

「いや、うたた寝してんじゃん。褒められたいならずっと真面目に起きてなよ」

「う〜ん、それは難しい相談ですな〜。お昼ごはんでお腹《なか》いっぱいのところですぐにあの念仏でしょ？　そんな精神攻撃に抗《あらが》えだなんて」

「念仏、じゃなくて倫理の授業な。倫理」

いつものように和やかなやり取りをしつつ、天海さんが朝凪さんの体に抱きつく。

教室ではもはやお馴染《なじ》みとなった、クラスの中心二人による尊い（？）光景。

――今日も天海さんは天使だな。

――あの笑顔があればどんな授業でも耐えられる気がする。

クラスメイトたちのひそひそ話が聞こえるが、話題の中心は、校内でも屈指の美少女として有名な天海さんである。

――朝凪も決して悪く……いや、むしろ良いはずなんだけどなあ。

――天海さんと較べると、どうしても陰に隠れてしまうというか。

上級生を含めてもダントツに目立つ容姿を持つ天海さんがクラスにいるから――そういう失礼な理由で、朝凪さんは『クラスで2番目』なのだ。

本人に面と向かって言う人などは誰もいないが、しかし、確実に本人の耳にもそのことは届いているはず。

朝凪さんは何もしていないのに、まるで劣っているような言い方。多少のやっかみもあるだろうが、正直、横で聞いていていい気分はしない。俺が怒るのもお門違いだけど。

「前原《まえはら》君、どうしたの？」

「大山《おおやま》君……いや、何でもない」

そんな俺の様子を不審に思ったのか、隣の席の大山君が声をかけてきた。俺と似たような体格にフレームのない眼鏡をかけているクラスメイト……なのだが、悲しいことに決して友達ではない。教科書を忘れた時などに隣で見せてあげる程度の仲で、お互いあくまで

『顔見知り』程度の認識だ。

　これが、俺による数か月間にわたる学校生活の成果だ。

　ともかく、過ぎたことはもう忘れて、さっさと荷物をまとめて帰宅しよう。

　今日は週末の金曜日。明日と明後日《あさって》は休みという、誰にとっても無敵な時間だ。他人のことは考えず、一人ゆったりとした時間を過ごすに限る。

「ねえ海、金曜だし、このまま遊びに行こうよ。ゲーセンとかカラオケとか」

「あ～……ごめん夕《ゆう》。今日はちょっと遠慮しとこうかな」

「え？　なになに？　なんか大事な予定？」

「うん。まあ、そんな感じ。ちょっと見たいヤツがあってさ。映画、なんだけど」

　映画。

　そのワードに俺はぴくりと耳を立ててしまった。確か自己紹介の時、朝凪さんはアウトドア全般が趣味だとか言っていたような記憶があるが、そういう趣味もあったのか。

　といっても、多分海外の有名タイトルかなにかだろう。俺がちょっと変わっていて、そっちのほうが普通なのだから。

「へえ。それ、どんなヤツ？　アクション？　恋愛？　面白そうなら、私も見てみたいな」

「……えっと、コレ、なんだけど」

おそらく作品の紹介ページだろう画面を、朝凪さんが天海さんや、周りにいたクラスメイトたちに見せる。

すると、いつも明るい天海さんの笑顔がわずかに曇った。

「……ほら、やっぱりこんな反応になる」

「あ、いやいや、私は別に海の趣味を否定するとかそんなつもりは……」

「でも、つまらなそうとは思ったでしょ？」

「それは……まあ、うん。少なくとも私は、あんまり興味ないかな。ごめんね」

「いいよ。それわかってたから、私も一人で見ようと思ったんだし」

朝凪さんなら作品のチョイスもいい趣味をしているのだろうと勝手に思っていたが、天海さんにはいまいち刺さらなかったらしい。

どんな内容なのか俺が知る由もないが、正直、ちょっとだけ気になってしまう。

「ってことで、今日のとこはごめんね。明日の予定は空いてるから、それで埋め合わせるよ。ほら、みんな待ってんでしょ？　早く行ってあげな」

「うん。でも明日、約束ね。絶対だよ？」

「うん、絶対絶対」

そう言って、朝凪さんが天海さんの頭を撫《な》でている――のを横目にして、俺は二人の横をすり抜けて教室を抜けた。

結局、二人の会話を一つも漏らすことなく聞いてしまった。盗み聞きのような真似《まね》をして気持ち悪いことは重々承知しているが、どうしても気になってしまったのだ。

「……俺は別に、悪くない趣味だと思うけど」

誰に聞かせるわけでもなく呟《つぶや》いて、俺は一足先に教室を去った。


校門を出て、自宅のマンションとは反対方向に徒歩で10分ほど。

俺が訪れた場所は『ピザロケット』という。店名である程度推測できるだろうが、高校の周辺地域で宅配ピザをやっているお店だ。

俺が過ごすいつもの週末――自己紹介でついついばらしてしまったように、親の帰ってこないのをいいことに、注文した宅配ピザを、コーラでだらだらと流し込みつつ、ゲームをしたり、レンタルしてきた映画を見たりして堕落した時間を過ごすアレである。

「いらっしゃいま……あ、どうも、直接来店なんて珍しいですね」

「ど、ども……注文いいっすか」

「いつものでいいですか？」

「……はい。大丈夫です」

俺があまりにもこの店を利用しているせいで、『いつもの』で注文が通ってしまう。宅配ピザ店の常連なんて、この辺では多分俺だけだろう。まったく嬉《うれ》しくない。

注文の品が出来上がるまで、店内隅の椅子に座って窓の外の景色を眺める。

ここはウチの高校から近い立地なこともあり、生徒たちが店の横を大勢通り過ぎている。ジュースを飲みながら、また違うところではふざけて鞄《かばん》を振り回しながら。当然のごとくほとんどが仲良しグループだ。

「……はあ」

つい、ため息が出てしまう。

親の目がない週末を自堕落に過ごすことは嫌いではない。ここのピザは美味《おい》しいし、ゲームや映画も、面白いタイトルが立て続けにリリースされて時間が足りないぐらいだ。

だが、ふとした時、一抹の寂しさが沸き起こることがある。

「友達、か……」

もし今、自分の隣に友達がいたら、どうだろうか。くだらないことを喋《しゃべ》ってゲラゲラと笑ったり、映画やゲームをしたり……一人でぼーっと待っているだけのこの時間も、楽しく過ごせたりするのだろうか。

「って、何を黄昏《たそがれ》てんだ俺は……」

仮定の話をしたところで状況が変わるわけではない。であれば、この状況をより謳歌《おうか》できるよう、お一人様レベルを高めたほうがよほど建設的だろう。何もせずくよくよしているよりは絶対マシなはずだ。

余計な思考を追い出すべく首を振った俺は、ちょうど出来上がった注文の品を受け取り、次の目的地へと向かった。

「来るのは先月以来だけど、相変わらずいい雰囲気してるな、ここ」

ピザ店からそう離れていないレンタルビデオ店に足を踏み入れた俺は、やけに薄暗い店内の様子を見て、そう呟いた。

個人でやっている店なのでメジャーどころの作品はあまり置いていないのだが、その分、ニッチなところを確実に突いたラインナップで、意外とお客さんは多い。

まあ、俺みたいなB級映画好きはそれでも少なくて、この時間帯以降は、だいたいアダルトコーナーに行くお客さんだ。売り場面積も、半分はそれが占めている。

「お、今週も新入荷がいくつかあるな……」

サイボーグナノマシンサメ、殺人鬼ＶＳ人喰《く》いザメin無人島など、『ＮＥＷ！』のシールを目にするとともに思わず『⁉』が浮かぶ香ばしいタイトルがずらりと並んでいる。先週はワニだったので、今週はサメのようだ。来週の予告はゾンビその他とある。

「新作もいいけど、今日のところは過去の名作かな……」

そう思い、棚上部にある旧作コーナーのほうに手を伸ばしたその時、ふと、違うところから伸びてきた手に触れてしまった。

絹のように滑らかな感触の、俺よりも小さな手。

「あ、すいませっ……選ぶのに夢中で、隣、気づかなく――」

「もう、さっきから隣にいたのに気づいてくれないんだもん……ひどいよ、前原クン」

「え……」

なんで名前……と横を見た瞬間、俺は驚く。

「朝凪、さん」

「うん、正解。クラスメイトだけど、こうして二人でお話するのは初めてだよね」

「あ、うん。そう、だね……」

俺に声をかけた女の子は、同じクラスの朝凪さんだったのだ。

「朝凪さん、今日は大事な予定があるんじゃ……」

「あれ？　前原君、さっきの私と夕の話聞いてたの？　コソコソ聞き耳たてちゃって、いけないんだ～」

「……あ」

しまった。狼狽《うろた》えているあまり、つい余計なことを。

「いや、その……ごめん」

「ふふ、大丈夫だって。あれだけ教室内でわーわー騒いでたら、どうしたって耳に入っちゃうだろうし。逆にごめんね、ウチの親友が」

「いや、悪いのは俺のほうだから……」

引かれていないようでとりあえず一安心だが、これが天海さんやその他の女子生徒なら
どうなっていたかわからない。ともかく、朝凪さんがいい人でよかった。

「あ、それで、予定のことだよね？　ごめんね、前原君。夕に言ってたあの話、実は半分
本当で、半分は嘘《うそ》なんだ。……本当の目的は、」

そう言って、朝凪さんは俺の顔を指差した。

「え？　お、俺？」

「そ。私、用事、君に。ＯＫ？」

「あ、うん……」

とりあえずそう返事してしまったが、頭のほうは混乱したままだ。

朝凪さんと俺。接点なんて何もないはずなのに。

「わかんないって顔してるね。私だって、結構勇気出したんだけど……前原君、はいこれ」

「！　これって……」

朝凪さんが俺に手渡した紙きれは、四月に見たものとまったく同じだった。

☆　自己紹介カード

名前：朝凪海

出身中：橘《たちばな》女子
特技・趣味：映画、ゲーム、読書その他。インドア系ならなんでも。B級映画が好物。
好きなもの：コーラなど。炭酸飲料死ぬほど好き。
一言：同好の士、見つけたり。仲良くしてくれると嬉《うれ》しいです。なんてね。

「ふふん、最初の自己紹介の時に書いたヤツとは違うけど、ちゃんと書いたらこんな感じだよ。前原君みたいにバカ正直に書いたらさ」

「……なるほどね」

なんとなく彼女が俺に声をかけてきた理由がわかった。

映画が趣味であることと、にもかかわらず天海さんたちの反応が薄いことで、なんとなく想定していたが、どうやら、俺と彼女は同じものを愛《め》でている同志のようで。

「ねね、前原君のおススメってなに？　私、このジャンルはまだまだビギナーでさ、色々教えて欲しいって、あの自己紹介の時からちょっと思ってたんよね」

「えっと、そうだな。俺の趣味全開でも構わないんだったら、こういうの、とか……」

「あはは、なに『ピラニアザメ』って、サメ小型化すんなし。ってか、それもう人喰いピラニアでいいじゃん。あとパッケージの迫真の叫び顔がシュールすぎる」

「だよね。なんとか目新しさを出そうとする必死さだけは買うけど」

「ね。『カンフーザメ』に通じるとこあるよね」

「あ、俺もそれ知ってる。メイサクだよね」

「迷うほうでね」

「そそ」

こうして、学生はほとんど足を踏み入れないような薄暗い店の片隅で、俺と朝凪さんは静かに、しかし楽しく趣味談義に花を咲かせることになった。


そこから、俺と朝凪さんの友達関係は人知れず始まった。

ただ、友達ができたからといって、当然、俺のやることが劇的に変わったわけではない。基本的に学校では誰とも喋らないし、当然、朝凪さんと朝の挨拶を交わすわけでもない。家と自宅を往復し、家に帰れば映画を見たりゲームをしたり。

ただ、一つだけ違うのは、週末の金曜日に朝凪さんが加わったことだ。

「よっ、前原」

「よ、よう……」

ちょうど夕食時というところで、朝凪さんが俺の家にやってくる。手に持っているビニール袋に入っているのは、途中の店で買ってきたであろうコーラのペットボトルとその他スナック類。遊び場を提供するかわりということで、たまにこうして持ってきてくれる。店のドリンクメニューは量の割に値段が高めなので、お財布的なことを考えると嬉しい。

「店にはもう注文入れたけど、俺と一緒のヤツで良かったの？」

「いいよ。前原と私の味の好みって、だいたい似通ってるし。……ちなみに、何頼んだ？」

「まあ、この前はちょっとあっさり気味だったから、今日はわりとガッツリなんだけど」

一息間があって、俺と朝凪さんが同時に口を開く。

「「天使と悪魔のガーリック＆チーズ＆照り焼きチキン。チーズ、マヨネーズトッピング量二倍、ガーリックは三倍マシマシ」」

ハモった。

「前原、中々やるね」「まあ、このぐらいは」

さすが同好の士ということだろうか。まさか、食べものの好みまで似通っているとは思わなかった。女の子なら敬遠するだろうラインナップであるはずだが、朝凪さんはむしろより味や匂いの濃いものを好む傾向にある。

ほどなくして注文の品が届いたので、俺たちはダイニングのテーブルにそれを持っていかず、そのままテレビのあるリビングの絨毯《じゅうたん》に直置《じかお》きした。

「とりあえず、今週もお疲れ」

「うん、お疲れ」

なみなみとコーラを注いだグラスで乾杯し、渇いた喉を潤す。

独特の風味と甘み、そして程よい炭酸の刺激が喉を通り抜ける。

「前原、今日は何のゲームやんの？　また素材集めに狩り？」

「それでもいいかなと思ったけど、今日はなんとなく協力より対戦って気分だから」

一人一枚用意されたＬサイズのピザを片手に、テレビ台の下に置かれているゲームハードを引っ張り出す。

取り出したゲームのジャンルはＦＰＳ。プレイヤー視点で、任務を遂行したり、時には銃を撃ちまくって相手をやっつけるあれだ。一人の時は大体これをやっている。

「お、それか。性懲りもなく挑んできやがって、今日もそのケツに鉛玉ぶちこんで穴の数を二つにしてやんよ」

「先週十戦十敗だったくせに」

「い、家でちゃんと特訓してきたし……それに今日で五分に戻すからいーの！」

「はいはい」

おしぼりで手を拭いてから、ゲームをスタートさせる。対戦モードで十戦先取勝ち。

「あっ！　こんにゃろ、それ私の銃！　ヒキョー！」

「戦場に卑怯《ひきょう》もクソもあるか。とったもん勝ちじゃ」

「あっ……！　ああ、もう怒った。この私を本気にさせたことを後悔させてやる」

「まだ一戦終わっただけなのに沸点低くないですかね……？」

時折ピザやサイドメニューのポテトをつまみつつ、とりあえず十戦。

「…………」

ダンッ！

「あの～、朝凪さん……下の人に響くかもだから台パンは、その」

俺の勝率100％は相変わらず継続中。

朝凪さんもゲーム自体は好きなのだろうが、プレイングスキルはそこまでのようだ。まあ、俺みたいにゲームばかりにかまけているわけでもないだろうし、そこは当然だろうが。

「……別のやつ」

「え？」

「別のやつっ」

「……はい」

ちょっぴり涙目の朝凪さんを見て、今後はちょっと手を抜いてあげようと思う俺だった。

そんな感じで様々なジャンルのゲームをやりつつ、俺と朝凪さんは週末の時間を過ごしていく。

家にあるゲームはすでにある程度やりつくしてはいるものの、二人でやっているとまた違った面白さがある。一人ではできなかった協力プレイをやったり、対戦モードでプレイのコツを教えながらやったり。

退屈を感じることもあった週末の時間が、あっという間に過ぎていく。

「――と、もうこんな時間。そろそろ帰らないと」

「じゃあ、今日はこの辺で」

「うん」

時計の針は、夜九時をとうに過ぎたころ。親には事前に連絡は入れているそうだが、遅くなりすぎるとさすがに心配するはずだ。

「あ、後片付け、私もやる」

「いいよ。洗い物はコップしかないし、他のは全部ゴミ箱に入れるだけだから」

今日用意した食べ物は、二人で全部平らげてしまった。かなり量があったはずだが、遊んでいるうちにいつの間にかなくなっていた。

俺もそうだが、それ以上に朝凪さんもよく食べる。

「？　どうしたの、前原。私の体なんかジロジロ見て。えっち」

「あ、いや……結構食べてるのに、俺と違って痩せてるなって」

「それなりに運動してるからね。逆に前原はお腹《なか》にお肉つきすぎな気が……せいっ」

「あふっ⁉」

「え？」

急に脇腹を軽くつままれて、思わず声が漏れてしまった。誰かに自分の体を触られることがないため、肌の感覚に敏感なのだ。

「ふーん……」

何か悪いことを思いついたのか、朝凪さんが口元に意地悪そうな笑みを浮かべる。

「えっと、あの……朝凪さん？」

まずいと思ったが、すでに手遅れだった。

「――おりゃっ」

「ひゃっ……？」

弱点を晒《さら》したが最後、朝凪さんがここぞとばかりに脇をくすぐってくる。

「なるほど～、前原ってここが弱いんだ～？　ならここは？」

「っ、っ……そこらへん全部ダメ……だから、その、もうやめっ……」

「んふふ～、どうしよっかな～。今日は前原にけちょんけちょんにされてストレス溜《た》まっちゃったから」

「ぐっ、こ、この悪魔……」

なんとかくすぐり攻撃から逃れようとするも、力が抜けて思うようにいかない。

ということで、そのまま朝凪さんに辱められ続けて数分間。

「くっ、女の子みたいな声出しちゃった……」

「ふふ、男の子のくせに意外にいい声で泣くじゃん。可愛《かわい》かったよ、前原ぁ〜？」

「むう……今度覚えてろよ……」

「あははっ、せいぜい頑張ってね」

俺の捨《す》て台詞《ぜりふ》に、朝凪さんは目の端に涙をにじませるほど笑う。

ゲームでは優位に立っていたのに、こんなことで形勢逆転されて悔しい。

「ったく……これで気が済んだろ？　もうさっさと帰れよ。しっしっ」

「はいはい。は〜、今日も楽しかった。まだ一緒に遊び始めて二、三回だけど、まさかこまで仲良くなるとは思わなかったな〜」

「それはまあ……いくら趣味が合うとはいえ、俺に声かけるなんて、朝凪さんも結構変わってるよな」

「いや〜、初《しょ》っ端《ぱな》自分の家に女の子を連れ込む前原クンには負けますよ」

「し、仕方ないだろ。家でゲームするぐらいしか思いつかなかったんだから」

今まで友達と放課後に遊ぶ経験がなかったので、当然選択肢は限られてくるわけで。

「そっか、それもそうだよね。じゃ、来週は外で遊ぶってことで。ではまた」

「うん——いや、ちょっと待って」

一瞬流しそうになったが、そこは突っ込まなければ。

「なに？　もしかして来週は都合悪い感じ？」

「いや、別にずっとヒマだからいいんだけど……そうじゃなくて、その次」

「外で遊ぶ？」

「それ。……外って、もしかしなくても家の外ってことだよね？」

「当たり前じゃん。高校生らしく、たまには街に繰り出しませんと。ちょっとした買い物だったり、外でご飯食べたり、ゲーセン行って遊んだりさ。いつも前原にお世話になりっぱなしは悪いから、今度は私が外での遊び方を教えてしんぜようと思って」

普通に考えれば、たまには違うところで遊ぶのも気分転換になるだろう。俺もそこは否定するつもりはないのだが。

「その、一応訊《き》くけど、それはもちろん二人でってことだよね？」

「そりゃ当然。私と前原が友達なのは、クラスの皆には内緒だし」

一緒に遊ぶようになった時点で、二人で相談して決めたことだ。

クラスでも影の薄い存在の俺と、中心的人物の朝凪さん――彼氏彼女といった、そういう仲になくても、それは、他のクラスメイトたちにとっては関係のない話だ。格好の話のネタとして消費されるに違いない。

「ああ、なるほど。前原は私との放課後デートに緊張していると」

「デートって……いや、別にそういうわけじゃないけど」

「ふふ、大丈夫だよ。クラスの誰かに鉢合わせてもバレないようにするから。若いんだから、たまにはスリルってやつを味わってみようぜ？」

「本当にいいのかなあ……」

性格上、どうしてもリスクのことを先に考えてしまう俺だが……まあ、朝凪さんなら上《う》手《ま》くやってくれるだろう。

「私がいいって言ってるんだからいーの。ま、バレたらその時は潔く交際宣言でもすればいいんじゃん？『（僕たち）（私たち）、（付き合ってます））！』って」

「いや、俺たち別に付き合ってないし」

「ふふ、冗談だよ。とにかく、来週の予定はそんな感じで。あ、もちろんお金は割り勘だから安心して」

「割り勘なのは当たり前でしょ。何言ってんの」

しかし、念のため、母さんには事前に食事代の増額の相談をしたほうがいいだろう。

……とりあえず、女の子と遊びに行くことは絶対に伏せていく方針で。

詳しい予定は改めて朝凪さんから連絡をもらうということで、休み明け。

「真樹《まき》、アンタ今、なんて言った？　おかしいわね、お母さん、耳がおかしくなっちゃったのかしら……念のため、もう一回言ってくれる？」

「聞こえてたろ。言っとくけど、幻聴じゃないから」

「わかってる、わかってるから。お願い、もう一回聞かせて」

「ったくもう……」

朝、出勤前の母さんに今週末の件について話すと、よほど予想外のことだったのか、口を半開きにさせて驚いている。

「だからさ……その、週末の放課後、友達と二人で外に遊びに行くことになって……それでもうちょっとだけお金増やして欲しいっていう相談、なんだけど」

食事も外で済ませる予定なので、電車代＋食事代＋遊び代と考えると、二千円＋残り少ないポケットマネーではさすがに心もとない。なので母さんにお願いするしかないわけで。

「今までそんな素振り一切なかったのに……実は悪いヤツに金をせびられてたりとか、そんなんじゃないわよね？」

「違うよ。ちゃんとした人だって」

「イマジナリー的なやつでもなく？」

「なく」

いきなりの話なので、母さんの心配も当然だろうか。見るからに喜んでくれているのは確かなので、その反応を見ているとなんだかむずがゆい。

まだ秘密だが、もし、その友達が女の子であることを知ったら、母さんの驚きはいかほどのものになるだろうか。そこは、ちょっとだけ気になる。

「えっと、あ、そう、お金ね？　もちろんいいわよ。はいこれ」

「は？　いやいや一万て……こんなにいらないよ。あと一、二千円ぐらいあれば十分だから」

「そう？　でも、もしおかわりが必要ならいつでも言いなさいよ。そのぐらいなら問題ないんだから」

これでひとまずお金の問題は解決。後は、朝凪さんからの連絡待ちだ。

その後、案の定『友達』の情報を聞き出そうとしつこく追及してくる母さんを何とか職場へと追い出して、学校へ行く準備をすることに。

「通学時間にはちょっと早いけど……まあ、たまにはいいか」

いつもは憂鬱でしかなかった月曜日の朝の時間だが、今はほんの少しだけ気が楽になったような気がする。

……俺、現金なヤツだ。

普段より人通りの少ない通学路をゆっくり歩きつつ、早速、俺は朝凪さんに連絡をいれるべくメッセージアプリを開いた。

内緒の友達関係を守るため、学校ではまず会話を交わさない俺と朝凪さんの、唯一のコミュニケーションツールだ。

『（前原）　おはよう、朝凪さん。今大丈夫？』

『（朝凪）　ん。おはよ』

『（朝凪）　お金、ちゃんともらえた？』

『（前原）　うん』

『（朝凪）　あ、ごちそうさまでーす』

『（前原）　割り勘でしょ』

『（朝凪）　へへ。とりあえず、また後で連絡するから』

『（朝凪）　それじゃ、学校で』

『（前原）　うん』

週末以外は、こんな感じでメッセージをやりとりしている。といっても、用事がある時ぐらいしか送信しないので頻繁にというわけでもないが……まあ、それでも俺にとっては大きな進歩と言えるだろう。

「おはよ夕ちん、ねえ、昨日のアレ見た？」

「おはよニナち〜。見た見た！　あそこの場面、主人公めっちゃカッコよかったし、ヒロインも可愛かったよね〜」

教室に向かうと、すでに天海さんたちのグループは楽しく談笑している。

もちろん、朝凪さんも一緒だ。

「ん？　あー、ごめん。私昨日はリアタイできなかったんだよね」

「そうなの？　海にしては珍しいじゃん」

「ちょっと調べものしててさ。気づいたら時間過ぎてた」

「調べもの？　なんか課題とか出てたっけ？」

「いや、別に出てないけど……まあ、優等生ですから、私」

「うわ出た、朝凪の自慢」

「でも事実だし」

談笑しながら、朝凪さんが俺に向けて小さくピースサインを作った。

グループの皆が気づかない程度のさりげないアピールだが、一瞬とはいえ、バレやしないかとドキッとしてしまう。

「？　海、今なにかした？」

「あー、ちょっと腰のあたりが痒《かゆ》くて。虫さされかな？」

そう言って、朝凪さんは堂々としらをきる。

俺に話しかけた時といい、距離の詰め方といい、朝凪さんの度胸は素直に尊敬する。

と、俺が自分の席についたタイミングでメッセージが届いた。

『(朝凪)　ね？　バレなかったでしょ？』

『(前原)　いや、ギリギリだし。結構ヤバかったんじゃないの？』

『（朝凪）　こういうのは度胸だから。じゃ、今週末もそんな感じで』

『（前原）　マジで大丈夫かな……』

正直、今から心配でしょうがない。

……それと同じぐらい楽しみでもあるけど。

そうして、バレた時の言い訳を考えるのに午前中の授業を丸々費やし、昼休み。面倒な授業から一時解放され、ほんのわずかな安らぎを得る時間だ。

「さて、と……」

学食や購買に急ぐクラスメイトたちの波が過ぎたところを見計らい、俺は霧のように気配を霧散させて教室を後にした。

早朝のうちに手早く仕込んだ弁当を持って向かったのは、自転車通学の生徒や車通勤の教師たちが利用している駐車場そばに建てられた倉庫の物陰。日中はほとんど人の来ない、俺にとってはオアシスのような場所だ。

「……ふう」

ここに来る途中の自販機で買ったパックのお茶をストローでじゅるじゅるとすすりながら、秋晴れの白い雲をぼーっと見つめる。

こうして一人で過ごす時間はいい。朝凪さんと友達になって騒がしくするのも楽しいが、初めての友達付き合いということもあり、気疲れのようなものも同時に感じていたり。

「……ちゃんと朝凪さんの友達やれてんのかな、俺」

やはり疲れているのだろうか。無意識のうちにふと、そんなことが口に出てしまう。

もうちょっと気を遣ってゲームをすべきか、俺の手持ちの話題が少なくて、朝凪さんばかりに喋《しゃべ》らせすぎではないだろうか。

初めてできた友達で、人付き合いの楽しさを教えてくれた恩人。

だからこそ、この関係を長く維持していくために、もっと上手に付き合っていきたい。

「……ちょっと早いけど、教室に戻るか」

弁当の残りをお茶で流し込んで、俺は立ち上がった。

昼休みはあと三十分以上ある。いつもなら時間ギリギリまで一人うとうとしているのだが、今日はなぜだかそんな気になれなかった。

色々考えすぎなのだろうが、友達付き合いはやっぱり難しい。

――で、先輩、どうしたんですか？　こんなところで用なんて。

――うん。実はちょっと話したいことがあって。

「……ん？」

教室に戻るために物陰から出ようとしたところで、そんな声が聞こえてきた。声が遠いので誰かはわからないが、男子と女子の二人組で間違いないだろう。

こんな場所で話がある……となれば、俺でもなんとなく想像がつく。

出るタイミングを逸して、俺は再び元の場所に収まった。

偶然居合わせたに過ぎないので俺に非はないはずだが、しかし、こうしているとなんだか盗み聞きしているような気分になる。

「遠回りしてここから離れるか……いや、それだと職員室の前を通り過ぎなきゃいけないし……」

先生に見つかって一人で何をこそこそしているのかと訊《き》かれるのも面倒だ。まさか、他人の告白を覗《のぞ》いていましたなんて言えるはずもないし。

ということで、身をかがめてじっと息をひそめていると。

「――ほら、こっちこっち。あんまり足音立てると気づかれちゃうよ」

「う、うん……でも、ここ足元が滑って……わひゃっ⁉」

俺が行くのに躊躇《ちゅうちょ》したルートからやってきたのか、こちらへと近づいてくる声が。

「ん？　あれ？　もしかして、前原君？」

「！　天海さん……」

「え？　なになに？　夕ちん、その人のこと知ってるの？」

「え？　もう、ニナちってば。知ってるも何も同じクラスじゃん。前原真樹君」

俺の目の前に現れたのは、天海さんと新田《にった》さんのクラスメイトの女子二人……だが、どうして二人がこんな何もない場所にいるのだろう。俺が教室を出る時、朝凪さんも含めた三人でそれぞれの弁当を囲んでいたはずだが。

「まあ、なんにせよちょっとどいてもらっていい？　そこにいられると朝凪の様子がわからないから。ほら夕ちんもこっち」

「あ……ごめんね、前原君。ニナち、いつもは普通なんだけど、こういう時に限って周りが見えないというか」

「いや、それは別にいいけど……」

そんなことよりも気になっているのは。

天海さんと新田さん、二人の後ろから首を伸ばし、話をしている男女二人組を見る。

「朝凪ちゃん、よければ俺と付き合ってくれないかな？」

「………………」

二人が来た時点で嫌な予感はしていたが、告白を受けている女子は、やっぱり朝凪さんだった。

2. 2番目ぐらいが？

こういうシチュエーションに遭遇するのは初めてだが、まさか朝凪《あさなぎ》さんが当事者とは。

もちろん、朝凪さんがああして告白されるのは不思議なことではない。クラスでは天海《あまみ》さんがとても目立ってはいるものの、朝凪さんだって可愛《かわい》いことには変わりない。

だから、朝凪さんを彼女にしたい人がいてもおかしくない。

相手の男子生徒は知らない顔だった。『先輩』だから、おそらく二年か三年だろう。背も高く、顔も整っていて爽やかそうな雰囲気を纏《まと》っていて、俺とは正反対だ。

盗み見るのは良くないことは、もちろんわかっている。告白した上級生にも、そして朝凪さんにも失礼なことだ。

だが、どうしても気になってしまい、二人の様子から目が離せない。

「ごめんなさい」

そう言って、朝凪さんは先輩の男子生徒に向かって頭を下げた。

告白を受けてからすぐの『ごめんなさい』だから、初めから断るつもりだったのだろう。

あまりの清々《すがすが》しさに先輩のほうも苦笑いしている。

「はは……もしかして、もう付き合っている人がいるとか？」

「あ、いえ、付き合ってはいないんですけど」

「好きな人は？」

「いえ、それも別に。……ただ、今はそういうのに全く興味がないので」

（あ〜、やっぱり撃沈だったか……なかなか首を縦に振らないね、朝凪も）

（まあ……あの先輩はさすがにね……）

（いくらカッコよくても、さすがに節操がなさすぎっていうか。断られて当然って感じ）

色々とどういうことかと気になるが、しかし、俺は完全に部外者なので、詳しく訊くわけにもいかない。

（あ、ごめんね前原《まえはら》君、二人で勝手に盛り上がって。あの先輩、ちょっと前に私にも同じこと言ったんだよ？）

（ああ……それは確かに良くないかも）

爽やかそうな見た目に騙《だま》されたが、どうやらとんでもなく軟派な人のようだ。それは確かにあっさり断られてもしょうがない。

（でも、すごいよね。海《うみ》ってさ、本当にモテモテなんだよ。一緒に遊んでると、声かけられるのはいつも海のほうだし。こうして告られるのも、高校入ってから今回の人でもう五人目）

（ご……）

思わず絶句してしまう。入学してから半年もせずに五人はかなりのハイペースでは。

（っていいつつ、夕《ゆう》ちんだって次断れば五人目じゃん。横一線だよ）

（そんなことないよ〜。数だけならそうかもだけど、私の時は、なんていうか皆本気じゃない気がするし）

（それは夕ちんが眩《まばゆ》すぎるから皆気が引けてんじゃん？）

（え〜、そうかな〜？　海は私なんかよりずっと美人で可愛いと思うけど）

（それこそ違うって。ほら、誰もが憧れるアイドルは無理でも、その脇にいるバックダンサーならワンチャン、みたいな。朝凪に行く人ってだいたいそんな感じなんだよね）

新田《にった》さんの例えは正直微妙だが、言わんとしていることは大体わかる。

男子にも女子にも人気でいつも輪の中心にいる一等星より、ちょっと輝きは劣っても、それなりに美しい二等星なら『もしかしたら自分でも……』という錯覚。

（私が男の子だったら断然海なんだけど……ねえ、前原君もそう思わない？）

（いや、どうかな……）

学校以外で見せる表情も知っているので、個人的には朝凪さんも天海さんと同じくらい可愛いのではないかと思うが、友達関係を内緒にしている手前、どうにもコメントしづらい。

（……っていうか）

（なに？　前原君？）

（天海さんも、こういう……盗み見みたいなことするんだ）

（そりゃ、しちゃうよ。だって、海は私の親友なんだもん）

そう答えて、天海さんは続きを見守っている。

「話はこれで終わりですよね？　じゃあ、私はこれで」

「あ、ちょっと……付き合ってないなら、まずは友達からとか……」

「……そういうのなら、余計にいりません」

微妙に食い下がる先輩を突き放して、朝凪さんは踵《きびす》を返して校舎内へと消えていく。

（……お、どうやら終わったみたいだね。さて、私たちもさっさと教室に戻りますか）

（あ、ニナち、前原君にちゃんと……ごめんね、前原君。ヘンなことに巻き込んじゃって）

（いや、気にしないで。結局は俺も同罪みたいなものだから）

ただ、天海さんと一緒にいたことは秘密にするとしても、先程の場面をこっそり見てしまったことは朝凪さんにしっかり謝ったほうがいいかもしれない。

(夕ちん、なにしてんの。早く行くよ〜)

(ごめん、今行く。……あ、そうだ。前原君、スマホ貸してもらっていい?)

(え? あ、いいけど)

(ありがと)

反射的に差し出した俺のスマホを受け取って、なにやら天海さんがポチポチとやっている。

「天海さん、何を……」

「えっとね〜……お近づきの印? かな? はい、返すね」

そう言って、天海さんが俺にスマホを返す。

ディスプレイに表示されているのは、俺のものではない電話番号。

「それ、私の番号。前原君のも後で登録するから、かけておいてね」

「あ、ちょっ——」

「じゃ、また教室でね。……くれぐれも今日のことは、海には秘密だからね?」

俺の制止を待たず、天海さんは俺のもとから颯爽《さっそう》と去っていった。

そうして、再び俺一人がその場に取り残される。

「口止め的なやつかな……ともかく、面倒なことになっちゃったな」

ほとんどの男子が喉から手が出るほど欲しいであろう天海さんの連絡先……しかし、今の俺にはどうにも手に余る代物でしかなかった。

放課後、運よく朝凪さんの予定が空いていたので、今日の告白を盗み聞きしてしまったことについて、朝凪さんに謝ることにした。

「ああ、なんだそんなこと？」

嫌な顔をされると思ったが、特に気にしていないというふうに、グラスに入れたコーラをぐいっと飲み干し、用意したポテチをパリパリとつまんでいる。

「怒ったりしないの？」

「まあ、特には。それに後をつけたんじゃなくて、ただ偶然居合わせただけでしょ？　なら、むしろこっちのほうが気を遣わせて悪かったねって感じ」

「朝凪さんがそう言うなら、まあ、よかったけど」

「うん。私は別に聞かれて不味《まず》いことはないし。相手のこともあるから、多少こそこそはさせてもらったけど。新奈《にな》とかそういうの大好きだし」

「新奈……新田さんだっけ？」

「あ、うん。色々顔が広いから、そのおかげで私とか夕も助かってるんだけどね」

天海さんや新田さんとそこで鉢合わせたことについては、約束どおり伏せておくことに。

とにかく、どうするかは彼女たちの判断に委ねる。

ただ、朝凪さんのことだから、なんとなく天海さんや新田さんがちょろちょろしてるのも気づいていそうではあるが。

「……あのさ、一つ訊《き》いていい？」

「ん？　なに？」

「朝凪さんって、わりとその……モテたりするの？」

「ん～、ほどほど？　って感じ。夕ほどじゃないよ」

半年経《た》たずに五人は俺の感覚では『ほどほど』じゃないが……しかし、それは本来俺が知り得ない情報なので突っ込まないが。

「なに、前原羨ましいの？」

「いや、全然。……ってか、そういうの、逆に面倒かなって」

「面倒、か。なんで？」

「なんでって言われても……な、なんとなく？」

返答に困る。

なにせ、今まで『友達になって』とすら同性のクラスメイトに言えないぐらい筋金入りの俺なのだ。そんな人間が、恋だの愛だのについてしたり顔で語っていいものか。

「それじゃダメ。ほら、想像でいいからさ。前原の話、私に聞かせて欲しいな？」

「う……」

朝凪さんにそう迫られると、どうにも断ることができない。

それに、天海さんのことなど、後ろめたいこともあるし。

「じゃあ、笑わないなら」

「大丈夫だって。ほれほれ」

まあ、もし笑われたとしても、朝凪さんならいいだろう。そういうのにはもう慣れている。

「えと……そういうの、俺には想像も及ばない世界だけど……モテるっていうことは、色んな人からそういう目で見られるってことでしょ？　もっと仲良くなりたいとか、他の人とは違う特別な関係になりたいとか」

「まあ、そうだね」

好意を向けられるのは、それだけ人と違う魅力を持っているということの証拠だから、それはもちろん悪いことではない。少なくとも、悪意なんかよりはよっぽどマシだ。

だが、好意を受けたからといって、それが自分にとって必ずしもいいものとは限らない。

そのいい例が、今日、朝凪さんに告白した男子生徒である。

「色んな人がいるってことは、自分にとって何の興味もない人とか、下手すれば内心嫌ってる人とかもいるわけで……そういう人たちにもちゃんと対応しなきゃいけないっていうのは、俺からしてみればやっぱり面倒っていうか。好きでもなんでもないのに、なんでこんなに疲れなきゃいけないのって思う」

あの時の朝凪さんが言葉を濁したように、告白の返事というのは気を遣うものだと思う。中にはきっぱりと拒絶する人もいるだろうが、それはそれで余計な恨みを買ってしまう可能性もあるわけで。

人の好きや嫌いという感情は、とても厄介だ。

「そう考えると、逆に俺はモテなくても別にいいのかなって。一人ぼっちなのもそれなりに辛《つら》いけど、でも、余計なことに気を回す必要はないし」

「……それ、なかなか寂しい考え方だね」

「それはわかってる。まあ、だからこそ今までこんな状態だったわけだし」

この考えを少しでも変えていく努力をしない限り、俺はずっとこのままなのだろう。

「……とまあ、こんな感じの話だけど」

「なるほどね。前原の考えはわかったけど、それはさすがにちょっとこじらせすぎだと思う」

「うぐ」

痛い指摘だが、全て正しいので言い返しようがない。

「……まあ、前原のそういうとこ、私は好きだけど。あ、もちろん『友達』としてね？　そこんとこ勘違いしちゃダメだよ？」

「わかってるよ。俺も朝凪さんのことは嫌いじゃないけど、それはあくまで『友達』としてだし。そっちこそ勘違いするなよな」

「お？　私がいなきゃ寂しいくせに生意気な口利いちゃって」

「なに？　やるの？　言っとくけど、今日は『待った』とかなしだから。十戦でも百戦でも、とことんハチの巣だから」

「望むところよ。そっちこそ、私の神エイムに震えて眠れ」

「コツを教えた師匠に対して良く言うよ」

恋バナはそこで打ち切って、俺と朝凪さんはいつものようにテレビの画面へ向かう。

人付き合いをようやく始めたばかりのお子様の俺には、まだまだ、こちらのほうが性に合っているような気がする。


その後はさすがにこれといったことは起きず、いたって平和に約束の金曜日を迎えた。

当初の予定ではそのまま街へと繰り出す予定だったが、制服でバレる可能性も考慮し、一旦家で私服に着替えてから、駅前で待ち合わせをすることに。

お金のほうは、事前に母さんからもらっていたので、いつもより多めだ。

『（前原）じゃあ、俺先に行ってるから』

『（朝凪）うん。じゃ、駅でね』

そうやり取りして、俺は朝凪さんの横を通り抜けた。

「海、一緒に帰ろ〜！」

「わぷっ……夕、別にいいけど、寄り道はしないよ」

「え〜？　もしかして、今日も？」

「そ。最近家で色々あってさ、本当、やんなっちゃうよ」

「そうなの？　その割にはなんかニコニコじゃない？」

「え？　あ〜……いや、気のせいでしょ」

と言いつつ、日中の朝凪さんは、時折鼻歌を交えたりとずっと機嫌がいい。

そんなに俺と街に遊びに繰り出すのが楽しみなのだろうか。だが、あれは俺にちょっかいを掛けようとする前の表情だから、これから何をするつもりなのか、今から心配である。

「でも、夕ちんが言う通り、朝凪って最近付き合い悪いよね。家の用事とか言ってるけど、もしかしてカレシ？」

「え〜、まっさか〜。海に限ってそんな……えっと、な、ないよね？」

「こら親友。敵の言葉に簡単に惑わされるな。新奈、後で覚えときなね」

「げっ……き、きゃ〜、ウミちゃんこわーい」

いつもの三人の会話を中心に、そこからどんどん人が集まってくる。

「なになに、三人だけで楽しくやっちゃって」

「いやいや、お前は部活行けよ。ね、天海さん？」

といっても、そのほとんどが男子だが。遠くから様子を見てもわかるぐらい、露骨に天海さんに視線が向いている。

なんだか、嫌な感じだ。

「わかった。寂しいけど、今日はニナちと一緒に帰るね。ちなみに今日の用事ってなに？　私で協力できることなら……」

「兄貴のことだけど」

「そうなんだ。じゃあ無理だね」

「おいこら。ちょっとは悩む素振りとかあるだろ」

「いや～、あはは……」

天海さんがあっという間に引き下がった。

朝凪さんにお兄さんがいるのは初耳だが、俺にすらも分け隔てなくコミュニケーションのとれる天海さんをそこまで引かせるとは、いったいどんな人なのだろう。

二人を横目に教室から出た後、俺はおもむろにスマホを取り出して、ぽちぽちと朝凪さんへメッセージを送った。

『(前原)　あ、そうだ朝凪さん』

『(朝凪)　なに？』

『(前原)　今日はお手柔らかにお願いします』

『(朝凪)　え～、どうしよっかな～』

『(前原)　頼む』

『(朝凪)　う～ん』


俺ができることなんてたかが知れているけれど、それで朝凪さんが少しでも楽しく過ごせたり、気が楽になるのなら、それでいいと思う。

友達なんだから、やっぱりそれぐらいはしてあげたい。


学校から帰宅し滅多《めった》に着ない余所《よそ》行《ゆ》きの私服に着替えてから、俺は待ち合わせ場所である駅の改札前へと向かった。

「……早く着きすぎた」

時刻はおよそ約束の三十分前。早く着きすぎなのだが、家にいてもどこかそわそわして落ち着かなかったので、結局は朝凪さんの到着を待つことにしたのだ。

週末の夕方とあって、駅のほうは多くの人で溢《あふ》れている。今のところ目につくのは若い人たちだ。これからどこかに遊びに行くのだろう、皆、それなりのファッションをしているように見える。

「服、これで大丈夫かな」

駅の広告パネルに反射する自分を見る。黒のトレーナーに、下は黒のジーンズ。トレーナーには前と後ろに英字らしきものがプリントされていて、俺の持っている服の中ではもっとも新しい。といっても、これも一年ほど前に買ったものだが。

クスクス、という知らない女の子たちの笑い声が聞こえた気がして、俺は思わず体を縮こまらせた。

この人混みだから俺のことではないと思うが、しかし、こうして一人で心細くしていると、どうしても自分のことを笑われているのではと、つい考えてしまう。

もう少しのんびり来るべきだった——まだ待ち始めて五分と経過していないのに早くも後悔していると、

「——ま〜えはらっ」

「あひっ……⁉」

そんな囁《ささや》きとともに思い切り肩を摑《つか》まれ、俺は飛び上がろうかという勢いで驚いた。

ついでに変な声も。

「もう、いくら何でもビビりすぎだって。よっ、前原」

「……よ、よっ」

振り向くと、そこには楽しそうな笑みを浮かべる朝凪さんが立っていた。

服装は、サイズ大きめのフード付きのパーカーに、下は七分丈のジーンズ。靴はスポーツブランドのスニーカーに、頭にはキャップを被《かぶ》っている。

「？　なに？　一応バレにくいような服装をと思って大分ラフなやつ選んだけど……さすがにダサかったかな？」

「いや、別にそんなことないけど」

というか、むしろオシャレだと思う。

元々整っている容姿に、女子にしては高い身長とスレンダーなスタイル。その姿はまるでどんな服でも着こなすモデルのようだ。

「ってか、予想してたけど、前原はちょっとそれ黒すぎ。それじゃ陰ってより、もう闇って感じじゃん。なに？　実は闇落ち願望でもあるの？」

「いやそれはないけど……でもこれ、上も下もいい素材使ってんだよ。秋から春にかけて長く使えるし、暖かいし」

「気持ちはわかるけどさ……まあ、今日は仕方ないからそれでいいけど、次はちゃんと配色も考えるように。いい？　それじゃ逆に悪目立ちしちゃうんだから」

家を出た時は感じなかったものの、こうして人が多く集まる場所だと、俺の『黒一色』は確かに浮いている。

もし黒のみの服装だったとしても、顔や体格のいい人なら問題ない。だが、マネキンが俺だと、一気に『残念』へと早変わりだ。笑われても文句は言えないと思う。

「そういえば、朝凪さんも結構早かったじゃん。まだ約束の待ち合わせ時間より前だけど」

「そ……それはほらっ、前原のことだから？　どうせ早く来て待ちぼうけしてんじゃないかと思って。で、来てみれば案の定心細そうにしてたし」

「……そりゃどうも」

ちょっと悔しいがその通りだ。正直、朝凪さんの姿を目にした時、心底安心した気持ちになってしまったのだから。

「会えたことだし、さっさと行こ。早くしなきゃ置いてっちゃうぞ」

「あ、ちょっと……」

引っ張られるようにして、俺は朝凪さんのすぐ後ろをついて行った。

「そういえば今日の予定ってどんな感じなの？　そろそろ聞かせて欲しいんだけど」

「ん？　別に決めてないけど。適当にぶらついて、お腹《なか》がすいたらご飯食べて、それからどっか遊べるとこ行って……そんな感じかな」

「それ、『予定』っていうか『行き当たりばったり』のような……」

「いや、『一緒に遊ぶ』っていう予定は果たしてるからセーフだよ。ってか、いつも夕とかと遊ぶ時は大体こんなだし」

「そんなもんなのか……」

俺の場合、こういう場所に来る時は、買い物や習い事だったり、もしくは遊ぶにしても映画とかゲーセンに行くなど何らかの『目的』があるので、特にあてもなく街を歩いているこの状況は、どうにも落ち着かない。

「ところで、前原もたまにはここ来るんだよね？　どこに出没するの？」

「人をレアモンスターみたいに……まあ、漫画とかゲームを買う時とかは、いつも決まった場所に行くかな。駅からちょっと離れたアニメショップ」

「へえ、それってどこ？　私、ちょっと行ってみたい」

「いや、それはあんまり教育上良くないというか……」

「行きたい」

「だからその、女子高生を積極的に連れていくような場所では……」

「前原」

「……はい」

仕方ないので、渋々了承することに。

ひとまず、引かれないことだけを願っておこう。

俺が月一、二回ほどのペースで利用するアニメショップは、大通りから道一本外れた雑居ビルの二階にある。狭い店内面積の割には品揃《しなぞろ》えが良く、また、ここでしかもらえない限定特典もあるので、買い物と言えば、専らここになる。

「……なんかこう、カラフルな髪の可愛《かわい》い女の子がいっぱいだね？」

「うっ」

朝凪さんの率直な感想が俺や周囲のお客さんたちに容赦なく突き刺さる。まあ、俺も最初にここを知った時は多少は驚いたが。

「あ、別に引いてるわけじゃないよ。逆にこういうところもあるんだって新鮮な気分。夕たちと遊ぶ時はこういう場所絶対に行けないし」

「まあ、そうだろうね」

こういった趣味に偏見や嫌悪感を抱く人はまだまだ一定数いるから、オタク側とそれ以外の側の両方に軸足を置いている朝凪さんにとっては複雑な思いだろう。

「あ、そうだ前原」

「……なんでしょう」

「私たちもうそれなりの友達なんだからさ、そろそろ『さん』づけやめない？」

「……ああ、そのこと」

朝凪さんはすでに俺のことを呼び捨てにしているが、俺のほうはなんとなく最初の呼び方で定着してしまっている。

対等な関係なのに、一方は呼び捨て、一方は『さん』づけは確かに違和感がある。

「じゃ、じゃあ、朝凪……？」

「…………」

「な、なんで黙るんだよ」

「だって、海、って呼んでくれなかったから」

俺が言うはずないのをわかって、そんなことを言う。

朝凪さんはたまにこんな感じで意地悪だ。

別に嫌ではないけれど、なんだかちょっと悔しい気持ちもある。

「じゃあ、朝凪が真樹《まき》って呼んでくれたら俺も言ってあげるよ」

「いや、私たちまだそんな仲良くないし」

「そのセリフそっくりそのまま返すわ……このバカ」

「お？　そんなこと言っていいのか？　このままあっちの『18×』って書いてあるとこに一緒に行ってもいいんだぞ？」

「それはダメだから、絶対」

というか、そんなところに行ってはいけない。あそこは大人の紳士の社交場なのだ（多分）。

「いや～、ああいう暖簾《のれん》的なの見るとさ、ついのぞきたくなるんだよね」

「お前はおっさんか」

「ただ興味があるだけだって。逆に前原は興味ないの？」

「それは、あ……」

「あ、なに？」

まずい、つい勢いに任せて口を滑らせるところだった。

「……な、ないし」

「ん～？　またまた強がっちゃって。我慢は体によくないよ？」

「べ、別にないわけじゃないけど……とにかく、今はダメなのっ」

「ぶ～、つまんないの～」

朝凪の抵抗にぐっと耐えつつ、俺は彼女を全年齢向けのコミックが陳列されている棚へと引っ張っていく。

周りに人がおらず、小声でのやり取りだったが、店員さんにはとりあえず謝っておいた。

朝凪が楽しそうなのは何よりだが、俺のほうの体力は半分ぐらいもっていかれた気がする。

「あ、これ私めっちゃ読んでるよ。今日新刊発売だったんだ」

「『怪人ノコギリ8号』か。人気だよな。朝凪、こういうのも好きなんだ」

「うん。激しいバトルとか、血がぶっしゃー飛び散る描写とかわりと好き。周りの女子にはあんまり理解されないけど。前原は？」

「俺も似たようなもんだけど……あとはまあ、その、こういうやつとか」

俺が手に取ったのは、少年誌で連載されているラブコメ作品である。わりときわどい描写の作品が多くある昨今、ハーレムなしの一対一のラブコメで、どちらかというと真面目に恋愛をしている作品だった。

「へえ、前原もこういうの読むんだ。もっとエッチなやつかと思ったけど」

「そういうのはちょっと……まあ、マイナー気味だけどそこそこ売れてるし……話自体もいいからさ」

「ねえ、ちょっとそれ貸して。読んでみたい」

「ん」

「ありがと」

試し読み用の冊子を渡すと、朝凪はぺらぺらとページをめくり始めた。

「……出てくる人たち、みんないい人だね。こんだけ美少女だったら、もっともっと色んな人が群がるもんだけど」

「最近はストレス展開が敬遠されてるから……まあ、現実はなかなかそうもいかないけど」

「そうなんだよね。こういうのみたいに、みんなが優しい世界だったら快適なんだけど」

朝凪自身も、その親友である天海さんも色々な人から言い寄られているからだろうか、言葉に重みがある。

「それはともかく、前原もこういう可愛い女の子との恋愛に憧れてるんだ？　やっぱりキミも男の子なんだね〜」

「いや……創作は創作で現実は現実だから。ちゃんと弁《わきま》えてるから」

現実で例えるなら、天海さんのような人が俺に好意を抱いて言い寄ってくるようなもので、どう考えてもあり得ない話だ。

「そ。じゃ、今日のところはそういうことにしといてあげる。私が聖人で良かったね？」

「え？　誰が悪女だって？」

「ちょうしのんなおまえ」

「……すいません」

その後は他愛《たあい》のない漫画談義をしつつ店を後にした俺たちは、腹ごしらえのため、次の場所へと向かうのだった。

行きたい店があるという朝凪の希望に従って、再び駅前に戻り目当ての店にたどり着いたのだったが。

「……あの、朝凪サン？」

「なんだい、前原クン？」

「俺、ちょっと用事を思い出したので今日のところはお先——」

「まてい」

逃げようとしたが、寸前のところで襟をむんずと摑《つか》まれてしまった。思っていたよりも握力が強くて、俺はそこから一歩も動くことができない。そして首が痛い。

「いや、だってここはやばいでしょ」

「そう？　でも、なんだかんだここが一番安いし腹だって膨れるし」

俺たちが来たのは、駅の入口出てすぐにあるハンバーガー店。安いし、味もそこそこ美味《おい》しいので、俺も気が向いた時には利用している。が、今は時間帯が良くない。

店内に溢《あふ》れる、制服姿の少年少女たち。もちろん、ウチの高校の制服もちらほらと見かける。

今のところクラスメイトらしき顔は見えないが、ともかく危険度の高い場所だ。

「ま、こんだけ人がいれば大丈夫だって。じゃ、私は先に場所とってるから、前原は適当に注文よろしく」

「あ、朝凪……もう」

しかし、実は先程の店で新刊を買ってしまったせいもあって、お金のほうが少々心もとない事情もある。金欠になりがちな高校生の辛《つら》いところだ。

朝凪のオーダー通り、適当によさそうなものを注文し、席のある二階へ。

およそ席の８割が学生で、学校の話やこの後の予定の話などでうるさ……じゃなくて、とても賑《にぎ》やかだ。

『(朝凪) 前原、こっちだよ。真ん中のほう』

『(前原) 大丈夫。わかってるから』

こうして遠くから見ると、地味な格好でも朝凪は目立つ。いつもは天海さんの存在感に隠れているが、朝凪だって、どこに出しても恥ずかしくない容姿だと思う。

朝凪にからかわれるので、本人にはそんなこと絶対に言わないけど。

「お帰り。で、なんにしたの？」

「メガバーガーのLセット。飲み物はコーラで、サイドメニューはポテトとナゲットにしたけど、どっちがいい？」

「どっちも。二人で分けようよ。ソースは？」

「マスタード」

「いいね」

「まあ、そこらへんは」

テーブルについて、それぞれのトレイにポテトとナゲットを広げて食べ始める。

いつもは持ち帰りなので、揚げたてのポテトを食べるのも久しぶりだ。

「前原、次、どこ行こっか？　行きたいところある？」

「ない。帰りたい」

「だめ。なんか一個出して」

「そう言われても、さっきのアニメショップで引き出しは空だし……げ、ゲーセンとか？」

「え〜」

朝凪はご不満のようだが、ゲーセンに行くのだって、俺にとっては久しぶりのことだ。

あの場所は、どうにもお一人様に対して壁を作っている感じがして好きじゃない。

しかし、設置されているゲームに興味がないかと言われれば話は別だ。

「わかった。じゃあ、今日のところは私と一緒にキメ顔のプリを撮るってことで」

「いや、それは嫌だけど」

「え〜」

「え〜じゃない」

次の予定が決まったので、その後は適当に雑談しつつ、目の前のポテトやバーガーを処理していく。といっても、好きな映画、最近見ているゲーム実況チャンネルなど、いつも自宅で話す内容と大差はないのだが。

「あ、そういえば最近の映画でおススメとかある？　いつもの店、最近新入荷少なくてさ」

「それならネット配信限定だけど、『テンシザメ』ってヤツいいよ。遺伝子操作で天使の翼が生えたサメが次々に人を襲うヤツ。サメの背ビレに生える肝心の天使の羽が雑コラだし、出演俳優みんな大根すぎだし、色々あり得なすぎて九十分ずっと爆笑してた」

「なにそれ超見たい」

「ちなみに続編もある。３まで出てる」

「それだけでもう受けるんだけど。ってか、謎にシリーズ出てるやつあるよな」

最初は周りの人を必要以上に気にして縮こまっていた俺だったが、朝凪の話し方が上手《うま》いのもあって、次第に気にならなくなってくる。

少々強引なところもあるけれど、やっぱり朝凪といると楽しい。

「ふふ、早くも来週の予定が決まったね。楽しみだ」

「朝凪がいいなら俺は別に構わないけど……そんなに毎週のように俺との予定入れちゃっていいの？」

「ああ、夕のこと？　大丈夫、それ以外の日で埋め合わせはしてるし、そっちのほうはちゃんと考えてるから」

朝凪がそう言うなら俺としては信頼するだけだが、楽しさのあまりに足元をすくわれないよう、俺のほうでも一応気を付けたほうがいいかもしれない。

俺は影が薄いからいいけれど、きっと朝凪はそういうわけにも——

——ねえ、あれって例の朝凪ちゃんじゃない？

——ああ、先輩をあっさり振ったっていう一年生？

と、ここで、恐れていたことが現実になりそうな話が俺の耳に入ってきた。

聞こえてきたのは俺のちょうど背後でおそらく二人組の女子。聞き覚えのない声なのでクラスメイトではなさそうだが、あまりいい状況ではないのは確かだ。


『(前原) 朝凪』

『(朝凪) うん』

『(朝凪) 私も知らない人たちだから、多分上級生じゃない? まったく、私なんて大した有名人でもないのに』


気にしていないふうを装いつつ、朝凪はおもむろに残ったポテトを手に取った。


『(朝凪) 前原ごめん』

『(朝凪) ちょっとだけ恥かいてもらっていい?』

『(前原) どういうこと?』

『(朝凪) こういうこと』


そうして、被《かぶ》っていたキャップを脱いだかと思うと、ニコニコ顔で持っていたポテトを俺の口へと差し出してきたのだ。


「はい、ダーリン。あーん」

「っ……!?」


いきなりのことで俺は混乱する。

なんだ。朝凪は俺にいったい何をさせたいのか。

「？　もう、外だからってなに恥ずかしがっちゃってんの？　家ではいっつもこうして食べさせ合ってんじゃん」

「え？　い、いや別にそんなことな……いっ⁉」

瞬間、俺の脛《すね》を鋭い痛みが襲う。朝凪に思い切り蹴られたのだ。

「あ、もしかして私のほうに『あーん』したかったの？　もう、しょうがないな……はい、どうぞ」

「あっ、はい……」

合わせろ、と朝凪の爪先が自己主張を俺の脛へと繰り出すので、ひとまず言う通りにすることに。

「えっと……あ～ん」

「んむっ。へへ、やっぱり食べさせてもらうとおいしい」

「そ、そう。ならよかったけど……」

言われたままにやったつもりだったが、果たしてこれで上手く誤魔化《ごまか》せるだろうか。

――いや、やっぱり他人じゃない？

――そうかな？　でも顔は似てる感じだよ？

――でも、なんかそれにしてはダサくない？　連れてる男なんか陰キャって感じだし。

――ああ、そういえばあの子って『アイドル並みの顔じゃないと無理』とかなんとか言って先輩たちに断りまくってるんだっけ？

――そそ。そんな面食い女があんなキモい陰キャとポテト食べさせ合ってるとかあり得ないって。

――それ言えてる。あ、もう皆店集まってるって、私たちも行こ。

嫌な陰口を聞いてしまったが、ひとまずの危機は脱したようで、俺はほっと胸を撫《な》でおろした。

「……誰が面食い女だ、んのヤロ」

「ま、まあ、そういう尾ひれのおかげで助かったとこもあるから」

「私はいいよ、慣れてるから。でも、前原だってひどい言われようだったし。……友達が悪く言われるのは、やっぱり腹立つよ。前原のこと、なんにも知らないくせに」

悔しそうな表情を浮かべて、朝凪は拳をきゅっと握りしめている。

こんなにいい奴《やつ》なのに、どうしてあんな悪口を叩《たた》けるのだろう。デマを言いふらした人だって、最初は朝凪のことが好きで告白したはずなのに。

「気にしないでいいよ。朝凪がわかってくれてるなら、俺はそれで十分だからさ」

「まあ、前原がそれでいいなら、闇討ちはやめるけど」

「気持ちはわかるけど、どのみち闇討ちはやっちゃダメだから」

「え～」

「……な〜んて、わかってるよ」

俺と会話して落ち着いてきたのか、朝凪は残っているコーラをずっと一気に吸い込んで立ち上がる。

「あ〜あ、せっかく途中まで楽しいご飯だったのに……前原、さっさとゲーセン行こ。今日はもう財布のお金なくなるまで遊びつくしてやるんだから。もちろん、前原も付き合ってくれるよね？」

「いや、正直俺はもう帰りた——」

「付き合ってくれるよね？」

「……はい」

ということで、目的は変わったものの、予定通りゲーセンへと向かうことになった。

……絶対、今日は帰ったらすぐに寝よう。

店を出た俺たちは、そのまま駅ビルの中に入っているアミューズメント施設へ。フロア丸々使っていることもあり、ゲームコーナーだけでなく、バッティングコーナーやフットサルコートなどもあり、多くの人で賑わっている。薄暗いフロア内を明滅する光が照らし、ゲームを楽しむ人たちの歓声が耳に入ってくる。

「お待たせ。メダル借りてきた」

「ありがと」

　ここでの遊技はすべて予《あらかじ》め購入したメダルで支払いをするそうで、朝凪とお金を出し合って共同で使うことに。

　それぞれ出したのは千円ほどなので、一時間ぐらいは遊べるだろうか。

「じゃ、まずはこのメダルを増やしにいこっか」

「いきなりパチ屋のオッサンみたいなこと言い出したけど大丈夫？」

　なにして遊ぼうか、の前にそのセリフが出る時点である意味将来有望な気がするのは俺だけだろうか。

「大丈夫、大丈夫。ここは大船に乗った気持ちでメダルゲーガチ勢の私に任せておけば問題なしだから」

「すがすがしいほどのフラグ」

　とはいえ俺も楽しみ方がわからないので、朝凪の後をくっついて、とあるゲームの前に。

　液晶画面に表示されているのは……なるほど、競馬のゲームか。これで着順を当てて、倍率に応じてメダルが増えていくと。

「前原はどれがいいと思う？　私は９番を軸にしていくのがいいと思うんだけどさ〜」

　言っていることがよくわからないが、朝凪はすでにウキウキ顔で画面を見つめている。

単勝？　3連単？　ワイド？　その他、とにかく色々と買い方があるようだ。朝凪に教えてもらいつつ、それぞれ予想したものに賭けることに。

俺はわかりやすく単勝にした。リターンは低いようだが、遊ぶのならこの程度で十分だろう。朝凪は……結構つぎ込んでいるが大丈夫なのだろうか。

【さあ、各馬一斉にスタートしました。まず先行したのは8番のアドマイヤリンド。続いて3番——】

「ようし、いいぞ、いい位置だ……！」

筐体《きようたい》に映し出される映像を見ながら、朝凪が小声で呟《つぶや》いている。

見ているのはCGのゲーム画面なのだが、メダルを賭けているので、俺も朝凪ほどではないにしろそわそわしてしまう。

【おっと、ここで大外から、大外から9番ブラックシェイド。伸びる、伸びる。先頭まではおよそ五馬身、四馬身、どんどん差を詰めていくっ】

「あれ？　前原、これ来てんじゃない？　差せるよこれ」

「あ、マジだ」

朝凪も俺も一着の予想は同じなので、そのままくれば大当たりだ。

賭け馬が最終コーナーを回り、大外からぐんぐんと後続の集団を置き去りにし、先行していた馬に並び、そして——。

「お」

「やったきた～！」

俺が予想していた馬が一着。朝凪のほうも一着の馬を軸にいくつか買っており、それが当たってかなりの払い出しがあった。

二人の勝ち分を合わせると、元々の三倍と少しに。

「最初はどうかなって思ったけど、前原のビギナーズラックに乗ってよかったよ。サンキューね、前原！」

「どういたしまして」

負けた時のことを考えてちょっとドキドキしたが、結果は勝ち。これだけあれば、あとは俺たちがここにいられるぎりぎりの時間までめいっぱい遊べるだろう。

「じゃあメダルが増えたところで後はゆっくり――って、」

カップ山盛りになったメダルを手に次の場所へ移ろうとしたが、さっきまで隣にいた朝凪は、いつの間にか元の液晶の場所にいる。

「……朝凪、なにしてんの？」

「は？　いやいや、前原こそ何言ってんの。ここからが本番じゃん」

嫌な予感がしたが、やっぱり。

朝凪のヤツ、よせばいいのに次レースも当然だとばかりにいこうとしている。

しかも、先程払い出されたメダルのほとんどを賭けて。

「ふっ、これが当たればしばらくは遊び放題……これまでの負けを帳消しにする絶好のチャンス……」

「朝凪さん、あの……」

「よっしゃいったれ〜！」

「ダメだ話きいてないこの人」

で、俺の制止を聞かず、勝負した結果。

「……あの、前原さん」

「なに？」

「……すいませんした」

大負けし、持ちメダルを大きく減らす羽目になった。

今後朝凪と遊ぶ時はこういうことにならないよう注意しておかないと。

朝凪もしっかりと反省したようなので、それ以降はメダルのことを考えつつ、賭け以外のゲームを楽しむことに。

「朝凪、そっち任せた」

「はっ⁉ いや、いきなり言われても……あ、ザコゾンビのくせして生意気。こいつマジ殺すわ」

俺でもとっつきやすいゲームをということで、今は朝凪と協力プレイでガンシューティングゲームをやっている最中である。

いつものコントローラーとは勝手が違うので戸惑ったものの、慣れてからはライフを減らすことなく的確に敵を処理していく。

「う〜ん、惜しくも二位か……やっぱり初めのミスが響いたかな」

「いやいや、初めてのプレイでランキング乗るほうがやばいんですけど……こういうのならたまにクラスのみんなとやるけど、だいたいクリア前にやられちゃうし」

「……朝凪、もう一回やろ」

「ふふ、いいけど」

一回だけの予定だったが、体がようやくあったまってきた気がするのでもうワンプレイやることに。

ゲームは所詮お遊びだが、しかしやるなら真剣にやりたい。

「ねえ、前原」

「？　なに」

「楽しい？」

気づくと、笑みを浮かべた朝凪が俺の顔を覗《のぞ》き込んでいる。

油断して表情が緩んだところを見られた気がして、なんだか小恥ずかしい。

「……まあ、そこそこ。朝凪は？」

「まあ、そこそこ」

朝凪が俺の口調を真似《まね》して言った。

「真似すんなよ」

「真似じゃないって、これは私の本心。ほら、敵来てるよ」

それだけ言って、朝凪は銃形のコントローラーを画面に向け直す。

「むう……」

最初は朝凪に適当に付き合うだけだったのが、今は俺が朝凪を振り回しているような。

そうさせてくれるのは、多分。


「うおおりゃっ！」

――カキィン！

シューティングを一通り楽しんだ後は、こちらもメダルで遊技可能な併設のバッティングコーナーへ。

先に朝凪が手本を見せるということで、時速１２０キロのコーナーへ。１２０キロだと女子は結構厳しいはずだが、朝凪はぽんぽんと鋭い当たりを連発していた。

「……さすがだね」

「まあ、小さいころからパワフルな親友と付き合ってれば自然とね。それに、たまにはこうして体を動かして汗かかないと」

額にじんわりと汗をかいた朝凪が満足そうな顔で出てきた。

サイズオーバー気味の服からでもわかる朝凪のスタイルの良さ。

俺といる時はだらだらしていても、それ以外はきっちりと引き締めている。

だからこそ、天海さんと一緒にクラスの中心的役割を担えているのだ。

「一発ホームラン出たから、タダでもうワンプレイできるよ。ってことで、はい、前原も」

「え？　俺も？」

「当たり前じゃん。前原もたまには運動！」

とはいえ、バットなんて、おもちゃの軽いやつすら振ったことがない。

運動もそんなに得意なわけじゃないし、野球なんて初めてなので、下手したら一球すら当たらないかも。

「大丈夫だって。当たんなくても私しか見てないし」

「朝凪が見てるから恥ずかしいんだけど……」

朝凪のことは信用しているが、それでも極力ダサいところは見せたくない。

「ほら頑張って。一球でも前に飛ばしたらジュース奢《おご》ってあげるからさ。……あ、バントはダメだからね」

「……しょうがないな」

体を動かすのが目的だし、今なら周りに人もいないので、さっさと済ませてしまおう。

朝凪からバットとヘルメットを受け取って打席へ。

球速は朝凪と同じ120キロ。

遅くしてもいいのに、と朝凪に言われたが、朝凪にだってできるのだから、一球ぐらいなら俺だって——。

一球目。

——ビュン！

「おっ……!?」

外からだとそうでもなかったが、いざ打席に入ってみると、その速さに驚く。

120キロってこんなに速いのか。無理だ。

「へいへい前原ビビってる〜」

「び、ビビってないから」

気を取り直して二球目。……今度は振ったが空振り。

ぶん、とバットがむなしく空を切る。

「前原、まずちゃんとボールをしっかり見て。それからバットをぶつけていくイメージだよ。大きく飛ばそうとか、そういうのは今は考えずに」

「っ……うん」

三球目、四球目と、朝凪のアドバイスを受けながらバットを振るが空振り。

周りがカンカンと快音を響かせる中、俺は一人空振りの山を築いている。

「大丈夫、いい感じだよ。ちょっとずつボールとバットが近づいてきてる」

「アドバイスはありがたいけど、敵に塩を送る真似なんかしてもいいの？」

「そうなんだけどさ。でも、空振りした後の前原の背中がやたらと哀愁漂ってるから、ついつい構いたくなって」

「このヤロ」

「ほら頑張って。あと三球で終わりだよ」

朝凪の応援を受けながら、しっかりと当てることを考える。

ここまでされているのだから、一球ぐらいはなんとかしたい。

「ボールをよく見て……そこにバットを……」

――コキンッ。

「あ、当たった」

「おおっ。前にいかなかったけど、いい感じ」

バットの上をこすって、ボールは後方へ。

よし、今度こそ。

——カツンッ。

「あ〜、惜しい」

今度は下。これも後ろにいったが、さっきよりも手応えがある。

あともうちょっとだけバットを下に。

「あと一球だよ。頑張れ、前原っ」

最後の一球。先ほどと同じコース。

「しっかり見て……振るっ」

朝凪のアドバイスと応援を背に受けて、俺はバットを思い切り振って——。


「——はい、お疲れ」

「……ども」

メダルを全て使い切った後、俺と朝凪は休憩スペースのソファに座って朝凪のおごりでジュースを飲んでいた。

バッティングの結果、ボールは前に飛んだものの、ボテボテのゴロで、マシーンのほうにさえ届かなかった。当てたには当てたが、消化不良な感じだ。

「……朝凪」

「ん？」

「次はちゃんと打つから」

「お？　やる気じゃん。じゃ、また来なきゃね」

「うん」

慣れないことをして余計に疲れたが、終わってみればそれなりに楽しかったと思う。

それがゲームによるものなのか、それともただ単に友達の朝凪と一緒だったから楽しかったのかはわからない。

しかし、それでもまた来たいと思うぐらいにはいい経験になった、はずだ。

「そろそろ時間だし、もう帰ろうか」

「だね。……あ、その前にお手洗い行ってくるから待ってて」

そう言って、朝凪は俺にバッグを預けて店の奥のほうへ。貴重品も入っているが、一時とはいえ俺に全て預けてしまっていいのだろうか。

まあ、朝凪にそれだけ信頼されているのは嬉《うれ》しいけれど。

「まさか朝凪と一緒にこんなふうに遊ぶなんて、不思議なこともあるもんだ……」

カップルだろうか、ゲームに興じる男女二人組をぼんやりと見ながら俺は一人呟く。

朝凪と出会うまでずっと友達ゼロの俺と、クラスの中心で友達も多い朝凪。

普通に学校生活を送っていたら絶対に交わりようのない点と点——それが今は、何の因果か、しっかりと線で繋《つな》がっている。

大失敗だと思った入学式の自己紹介から数か月。

三年間、ずっと一人の高校生活を過ごすことになると覚悟していた。

にもかかわらず、今、俺の隣には『クラスで2番目に可愛《かわい》い女の子』がいて。

「……勇気を出して恥もかいてみるもの、ってことなのかな」

基本的に、俺のような人間は、他人の目を極端に気にする。バカにされたくない、恥をかきたくない、失敗したくない——そればかり考えるから、いざという時に躊躇《ちゆうちよ》して動けない。

仲良くなりたいと思う人がいても、好きな人ができても、失敗のリスクが行動を妨げる。

だから俺はずっと一人だった。

しかし、失敗したおかげで、俺は朝凪と『友達』をやれている。

失敗したらそこで道が閉ざされるわけじゃなく、そこからまた新しい道が続いている。

そのことを朝凪は教えてくれたのかもしれない。

「……さて、そろそろ朝凪も帰ってくるだろうし、片付けでも——」

朝凪のバッグを肩にかけて、ソファから立ち上がった瞬間。

「あれ？　もしかして前原君？」

「……え？」

背後から、そんな声が聞こえてきた。

「あ、やっぱり前原君だ。お～い、前原く～ん！」

ちょうどクレーンゲームの陰から出てきた集団の一人が、俺のほうへぶんぶんと元気よく手を振って近づいてきた。

ウチの高校の制服。この薄暗さでも一目見て誰かわかる容姿で、なおかつ、今、この場で最も会いたくなかった人物。

「……天海さん」

「うん。君のクラスメイトの天海さんですよ～」

天使のような笑顔で、『クラスで一番の美少女』が俺の目の前に立っていた。

朝凪がいないタイミングで助かったが、まさか天海さんに声をかけられるとは。

俺一人なら、朝凪以外のクラスメイトには絶対に気づかれないだろうと思っていたが、この人のことを忘れていた。

「え？　夕ちん、知り合い？」

「……ニナち、この前会ったじゃん。というか、クラスメイトっ」

「ご、ごめんごめん。でもほら、私服だから」

彼女の脇には新田さんと、それから他のクラスメイトたち。天海さん以外は俺のことを知っているような、知らないような微妙な顔をして誤魔化《ごまか》している。

まあ、彼らのことはどうでもいい。今は目の前の人をどうやり過ごすか考えなければ。

今、朝凪と天海さんを鉢合わせさせるわけにはいかない。

「前原君もここ来たりするんだ。初めてだよね、ここでこうして会うの」

「ああ、うん。まあ」

さりげなくスマホを手にとり、こっそりと朝凪へと通話をかけ、ボタンを押してスピーカー状態にする。

メッセージを打つ余裕はないので、これでなんとか気づいてほしいところだ。

「あ、もしかして誰かと遊んでた？　そりゃそうだよね。こういうとこって一人で遊ぶのにはちょっとつまんないし」

「いや、俺は一人で……今はちょっと休憩中っていうか」

「そうなの？　さっきまで二人分の飲み物もってたから、誰かお友達といるのかなって思ったんだけど」

見られていたか。俺みたいな人にも気を配れる天海さんの行動はとても素晴らしいことだが、この時ばかりは厄介である。

しかし、告白のぞきの時に顔を合わせて印象に残っていたとはいえ、この薄暗い店内＋黒一色の服装の俺を良く見つけたものだ。

「でも、よかった。前原君にもちゃんとそういう友達がいたんだね。クラスでもほとんど一人だったから、実はちょっと心配してたんだ」

「それはどうも……でも、どっちかというと、俺は一人でいるほうが好きだから」

「そう？　でも、寂しくなったらいつでも声かけていいからね。お昼とか、誘ってくれれば一緒に食べてもいいし」

「それはさすがに……」

天海さんは完全なる善意で言ってくれているのだろうが、だからといって本当に誘ってはいけない。

ぼっちのクセにでしゃばるなよ——天海さんの取り巻き（主に男子たち）から、そういう雰囲気がひしひしと伝わってくる。

「とにかく気持ちだけもらっておくよ。じゃあ、俺はこれで——」

「あ、ちょっと待って」

さっさとこの場を離脱しようと天海さんのそばを横切ろうとしたその時、天海さんが後ろから俺の肩を掴《つか》んできた。

……嫌な予感が。

「……な、なに？」

「ねえ、もしよかったらでいいんだけど……これから私たちと一緒に遊ばない？　もちろん、前原君のお友達も一緒に」

「ふへっ？」

つい変な声が出てしまった。

「ちょっ……夕ちん、それはさすがに前原君？　にも迷惑じゃない？　あっちもあっちで都合があるっていうかさ」

「ダメかな？　遊ぶなら大勢のほうがもっとずっと楽しくなると思うけど」

「まあ、そうとも言い切れないトコはあるけど……」

持ち前の明るさで人を巻き込んでいくのはいかにも天海さんらしいが、今はいささか暴走気味な気がする。

もし、天海さんのそばに朝凪がいれば、親友としての立場から天海さんにそのことを注意できるのかもしれないが、朝凪は今この場にはいない。

「ね、そうだよ、絶対楽しいって。それとも、ニナちは前原君のこと嫌い？」

「えっ⁉　あ、いや、そ、そんなことない、と思うケド……ねえ？」

この中で天海さんと仲がいいのはおそらく新田さんだが、付き合いが浅いこともあって、朝凪のように天海さんへ強くは言えないようだ。

自由奔放な天海さんをうまく抑えつつ、新田さん含めた他の人たちの空気も感じ取って誘導していく――話を聞くだけだとぼんやりとしか想像できなかったが、実際にこうした場面に直面すると実感できる。

もし、朝凪がそういうのに嫌気がさして、俺のほうに逃げ場を求めてきたのだとしたら。

「……そりゃ疲れるよな」

「え？　前原君、なにか言った？」

「あ、ううん。こっちの話。……それより、さっきの話だけど」

「うん。どうかな？」

「……申し訳ないけど、絶対に嫌かな」

「え？」

俺の言葉に、それまで明るかった天海さんの顔が曇る。

絶対に嫌、なんて良くない言葉を使ってしまったが、なぜだか今、少しだけイライラしてしまっていた。

「前原君……？」

「あ……べ、別に天海さんの考えを否定してるわけじゃないんだ。その、皆でワイワイやるのって、それはそれできっと楽しいんだろうし、それが普通だとは思うから」

俺だってかつてはその輪の中に入りたいと思っていたし、今でもたまには羨ましいと思うことはある。

「……でも、その、やっぱり中にはそういうのに馴染《なじ》めないっていうか、苦手な人もいると思うんだ。周りの空気とか雰囲気とか……そういうのを盛り下げないように無理して、気を遣って……そういうので疲れちゃったりとか。その、例えば俺みたいに」

集団の和を大事にしなければならないのはわかる。そのために多少の我慢をしなければならないことも。そうでなければ社会が回って行かないからだ。

だが、果たしてそれは常に強いられなければならないことなのだろうか。たまには自分勝手に好きなことをやって、誰かを振り回したらいけないのだろうか。

例えば、今日の朝凪みたいに。

「色々言っちゃったけど、とにかく今日は俺も『友達』も二人だけで遊ぶ約束だったし、俺も『友達』もそういうノリはあんまりって感じだから……その、悪いけど」

「あ、ちょ、前原く――」

「じゃあ、天海さん。そういうことだから。……ごめん」

俺はやんわりと天海さんの手を払って、その場を後にする。去り際に誰かになにか言われたような気がするが、施設内の騒音のおかげで耳に届くことはなかった。

今さら誰にどう思われようが関係ない。俺のKYは今に始まったことじゃない。

後ろから誰も追いかけて来ないことを確認して、俺は朝凪と繋がったままのスマホを通常に戻して耳に近づけた。

『……ありがと、前原。助かった』

「どういたしまして。……時間だし、帰ろっか」

『……うん』

駅の改札で再合流することにして、俺と朝凪は別々にゲーセンを後にした。

時刻はすでに22時前。駅前はまだ人が目立つが、そのほとんどは大人たち。高校生はすでに帰らなければならない時間帯だ。

切符を買って改札を通ると、俺に気づいた朝凪が柱の陰からひょこっと顔を出した。

「……よ」

「よ」

互いに小さく手を上げて会釈した後、俺は朝凪と一緒に駅のホームへ。

「一応訊《き》くけど、天海さんと鉢合わせは――」

「してたら前原の隣にいないし」

「まあ、そっか」

「もう」

なら、同じ電車で帰っても問題はなさそうだ。

ホームの一番前まで行き、次の電車がやってくるのを待つ。

「「…………」」

駅のアナウンスが構内に響く中、俺と朝凪の間には沈黙が流れている。

ちらりと朝凪の横顔をうかがうと、ちょうど朝凪も俺のほうを見ていたのか、無言のまま目が合ってしまった。

「……前原、なに？」

「い、いや、別に……そっちは？」

「私も、別に……」

こういう時、何を話したらいいのだろう。少し悩む。

アニメショップに始まって、最後にはバッティングで体まで動かして……途中まではとても楽しくて時間を忘れるほどだったが、最後の天海さんたちとのエンカウントがあったせいか、なんとなく話を切り出しづらい。

「……こうなったのは、だいたい一年ぐらい前からなんだ」

「え？」

「私が本格的に今の趣味に走り出した時の話。一応、前原には話しておきたいかなって

……ちょっとだけ、時間いい？」

「……いいけど」

「ありがと」

ふ、と力なく笑って、朝凪は自分の過去について話し始めた。

「自慢……になっちゃうのかな。私、昔からリーダーっていうか、まとめ役みたいなことをやることが多くてさ。頭もよかったし、まあ、そこそこ可愛《かわい》くて目立つし？」

「すごい自画自賛」

「へへ。……まあ、今はそれ措《お》いておくとして。とにかく、クラス委員長とか、学校行事の実行委員とか、率先してなんでもやってたの。皆から頼られるの、わりと好きだし。もちろん、今だってそう。……集団が嫌いになったとか、そういうわけじゃないんだ」

皆の期待を一身に背負う優等生……それがクラスメイトたちの『朝凪海』に対するイメージだろう。実際、俺も、朝凪と友達になる前まではそういう印象を抱いていた。

「でもさ、そういうのが長くなってくると『私、なにやってんだろ』ってつい考えちゃうんだよね。初めのうちは感謝してくれた子たちも、だんだん『アンタが当然やるでしょ？』みたいな空気になって。学校でも、遊びでも」

「嫌なことなんでも押し付けられるようになった感じ？」

「うん。ま、それは私が嫌なことを嫌って言わずに我慢したのも良くなかったんだけど」

そうなると、悪循環は止まらないだろう。最初のうちは好きでやっていたはずなのに、役割が何となく定まり、強制されるようになると、いつの間にか嫌になっていく。

「そんな感じで色々あって、精神的にちょっとやばいなって思った時に出会ったのが、」

「今の趣味ってことか」

「うん。元々兄貴の部屋にそういうのがいっぱいあってさ。それまではゲームなんて、やってもスマホのパズルゲーぐらいで、最初は大して興味もなかったんだけど……」

ハマる時はだいたいそんなものだと思う。精神的に参っている時に、魅力あるシナリオやキャラクター、サウンドなどが刺さると一気に沼にはまる。俺のことだが。

「で、しばらくは皆に秘密で一人で色々楽しんでたわけだけど……でも、元々誰かとつるむほうが好きだったから、そっちのほうでも友達が欲しくなっちゃったんだよね。SNSとかじゃなくて、実際に面と向かって話せて、気持ちを共有できる友達がさ」

そうして、女子校から環境を変えたところに、俺の自己紹介があった、と。

「そうだったのか……それならもっと早く声かけてくれてよかったのに」

「そうだけど……その時の前原は、私にとって初めての男の子の友達になるかもしれない人だったわけだし。失敗したくなかったから、多少は慎重にもなるよ。なかなか声かけるチャンスもなかったし……恥ずかしいのもあったから」

そうすると、朝凪は四月からずっと俺のことを見ていたことになる。俺に見せるためだけにわざわざ自己紹介カードを作ったり、俺の様子をうかがったり、そんな健気《けなげ》なことを——。

そう考えた瞬間、心臓が不意にとくんと跳ねた。

なんだろう、この気持ち。むずがゆいけれど、特に気持ち悪い感じがするわけでもない。

「前原、どうしたの？　具合でも悪い？」

「い、いや、別に大丈夫。ちょうど電車来たし、乗ろうか」

心配そうに顔を覗《のぞ》き込んできた朝凪を誤魔化《ごまか》して、最寄り駅方面へ向かう電車へ。

週末の夜のちょうどいい時間帯だけあって、仕事終わり、もしくは飲み会帰りのサラリーマンや大学生などで車内はそれなりに混んでいる。

「……っとと」

乗り込んで一息ついた瞬間、ちょっとだけ足元がふらついた。

買い物やメダルゲームはともかく、初めてのバッティングや、さらには天海さんとの遭遇もあって、肉体的にも精神的にも疲労していたのだろう。

「前原、大丈夫？　そこ空いているから座りなよ」

「いや、ちょっとふらついただけだし。朝凪こそ……」

「私はアンタと違って鍛えてるから。……余計なこと気にせずに、はい」

「じゃ、お言葉に甘えて」

唯一空いていた真ん中の席に座らされて、朝凪が俺の前に陣取る形に。

「……ごめんね、前原。今日は私のせいで色々と苦労かけちゃったね」

電車が発車し、ガタンゴトンと規則的な音と振動が響く中、両手で吊革《つりかわ》を摑《つか》んでこちらを見つめる朝凪が俺へ言う。

「天海さんとのこと？」

「うん。……話、しっかり聞こえてたよ」

「あれは、その」

天海さんが来ていることを伝えるという目的は果たせて何よりだが、今思い返すと、結構恥ずかしいことを言ってしまったような。

天海さんも、きっと嫌な気分になったはずだ。

「別に朝凪が気にする話じゃないよ。あれは俺の自業自得だし」

「でも、あんなこと言ったら、今以上に腫れもの扱いされるかもしれないのに」

「……そうなんだけどさ」

もちろん、天海さんに悪気なんてないことは重々承知している。天海さんが俺のことを誘ったのも、学校で常に一人の俺のことを見て心配し、これ以上孤立させるのはまずいと思ったからだ。

しかし、俺はそんな天海さんの申し出を拒否した。

朝凪と——気兼ねなく振る舞える初めての『友達』と二人でいて、俺はそれだけで十分すぎるほど楽しかったのに、なんだかそれに水を差された気がしてしまったのだ。

それでついイラついて、場を凍り付かせた上に逃げて……今さら後悔しても遅いが、らしくないことをしてしまった。

「まあ、夕には私のほうで適当にフォロー入れとくよ。あの子もあれで結構気にしいなとこあるから、絶対後で電話かかって——って、もうメッセージ来てる」

「早っ……ちなみに天海さんはなんて？」

「見る？」

『（あまみ）海、どうしよう。さっき前原君に会ったんだけど、でも、怒らせちゃって』

その他、朝凪のスマホには、天海さんからのメッセージや着信履歴がたくさん。

やはり気に病ませてしまったようだ。

もう少しやりようはあったはずなのに、朝凪を庇《かば》おうとするあまり、他のことに気を遣うことができなかった。

「ごめん。こっちこそ、迷惑かけるようなことして」

「いいってことよ。困った時はお互いさま――それが『友達』でしょ」

「……友達、か」

「うん。そう」

言って、朝凪は俺の頭に手を伸ばし、そのままぽんぽんと優しく撫《な》で始めた。

「……なにこれ？」

「ん？　別に。ただ、ちょっといい位置に前原の頭があったから」

「そっか」

「うん」

まるで子供扱いされているような感じだが、遊び疲れもあるし、朝凪に触れられるのは別に嫌でもないので放っておくことに。

列車の揺れとほどよい車内の暖房に、肌触りのいい温かな朝凪の手のひら。

ちょっとずつ瞼《まぶた》が重くなってくる。

「――眠いなら寝てていいよ。駅近くなったら、ちゃんと起こしてあげるから」

「……うん、ありがとう」

心地いい眠気に抗《あらが》えず、俺は朝凪に甘えるまま、ゆっくりと目を閉じる。

――ありがとね、真樹。

どんどんと意識が遠のいていくなか、耳元でそんな囁《ささや》きが聞こえたような気がした。

3. 朝凪海と天海夕

翌週、月曜日。学生や勤め人など、大半の人々にとって憂鬱な週の始まり。もちろんそれは俺にとってもそうなのだが、今日に限っては、俺は他の人々よりもさらに憂鬱な気持ちになっていた。

「……大丈夫かな」

小高い山を整地して建てられた我が校のシルエットを通学路の途中から眺めつつ、俺は一人ため息をついていた。

原因は、もちろん先週末にあった出来事。

天海《あまみ》さんやそのグループの人たちに余計なことを言ってしまった。時間が経《た》てば経つほど、あの光景を思い出すたび恥ずかしくなる。

『……申し訳ないけど、絶対に嫌かな』

「うぅ……」

自業自得なのはわかっている。

今さら後悔しても遅いが、たかがぼっちのくせに、どうしてあんな、わかったような口で偉そうなことを。

「教室入るの無理……絶対に一瞬で空気が悪くなるヤツ」

天海さんのほうは朝凪《あさなぎ》がフォローを入れているはずだが、その周囲のクラスメイトたちはそういうわけにはいかない。

想像する。それまでにこやかに輪を作ってわいわいがやがやっていた連中が、俺が入った瞬間、まるでゴミでも見るような視線で俺のことを敵対視してくるのだ。

いてもいなくても影響がないクラスの『空気』から、明確なクラスの『のけ者』へ。

少し考えすぎかもしれないし、ただの取り越し苦労で終わるかもしれないが。

こういう時、相談できる相手がいれば、きっと気分的にも楽になるのに。

「相談できる相手……」

一応、朝凪がいる。親と自分以外で、唯一俺のスマホの電話帳に登録されている、ちゃんとした友達が。

朝凪なら、相談すればきっと話は聞いてくれるだろう。茶化《ちゃか》されるかもしれないが、彼女はとても律儀で真面目だから、その点に関しては信頼している。

だが、それで朝凪に安易に泣きつくのは、やはりちょっと違うような気がしていた。

学校での朝凪は皆から頼られている。天海さん、クラスメイト、担任の先生。成績優秀で、品行方正な、クラスの優等生。

だが、俺は知っている。朝凪だって、たまにはいつもの役割から離れて、自由気ままに振る舞いたいと。

思い出されるのは、先週、朝凪が話してくれたこと。

偶然ながら同じ趣味を共有する仲間を見つけて、勇気を出して俺に声をかけて友達になって、そこでようやく逃げ場を見つけることができたのに、その俺が朝凪にもたれかかってはいけない。そんなことをしたら、朝凪の逃げる所がなくなってしまう。

まあ、それはあくまで言い訳で、結局は、こんなしょうもない悩みで朝凪に連絡する勇気がないだけなのだが。

「――おう、おはよう！」

「おは……っす」

校門前で朝の挨拶をしている体育教師に小声で返し、教室へ向かう。朝のＨＲが始まるギリギリの時間帯。朝練中の一部の生徒を除き、すでにほぼ全員がクラスにいる状態だった。

限りなく存在感を『無』にして、さりげなく自分の席へ。

今のところ、想像していたような事態にはなっていない。

「前原《まえはら》君、今日はちょっと遅いね」

「おはよう。……ちょっと寝坊しちゃって」

大山《おおやま》君とのちょっとした会話もいつも通りだし、特におかしな陰口も聞こえない。

このまま一日が無事に終わってくれればいいが。

そう思った矢先のことだった。

「……あの、前原君、ちょっといいかな？」

席に座り、教科書を机にしまっているところで、ふわりとした金髪をなびかせた天海さんがこちらに近づいてきたのだ。

瞬間、賑《にぎ》やかだったクラスが一瞬のうちに静まり返った。

「えっ、お、俺……？」

名前を呼ばれたので俺しかいないのだが、思わずそう訊《き》き返してしまった。

クラス中の好奇の視線が俺に注がれる。

クラスで、いや、学年でもきっと一番の美少女が、クラスでもダントツぼっちに話したいことがあるなんて——この場の全体の気持ちを代弁すると、そんな感じだろうか。

当事者からしてみればご勘弁願いたいが、それ以外の外野にとっては興味しか引かない。

「いきなりでごめんね。この前の金曜日のことで、ちょっとお話できたらって思って……ダメかな？」

「いや、別にダメじゃない、けど……」

――え、なになに？　どういうこと？

――いや、わからんけど。

クラスメイトたちがそれぞれのグループでひそひそ話をする中、俺は一瞬だけ朝凪のほうを見る。

朝凪が天海さんと休みの日に何を話したのかはわからないが、少なくともなるべく早く謝罪したほうがいいというアドバイスはしただろう。

朝凪は、苦い顔で俺のほうへ手を合わせて謝る仕草を見せる――ということは、少なくとも、天海さんのこの行動は朝凪にも予想外だったということだ。

「あの時は気を悪くさせちゃって、本当にごめんなさい。前原君のこと、私なんにも知らないのに、皆と遊んだほうが楽しいだろうって勝手に思って、あんな無神経なこと言っちゃって」

「そ、そんな……謝らなきゃいけないのは俺のほうだよ。天海さんに悪気なんかないのはわかってたのに、あんな言い方しかできなくて。だから、わざわざ謝ることなんて」

よほどあの時のことを気にしていたのだろうか、天海さんは、一目見てわかるほど、しゅんとした表情を見せている。

俺のことなんか気にせず、というかむしろ放っておいてほしいくらいだが、彼女的に、それは許せないことなのだろう。

決して悪い人ではないし、そこが天海さんのいいところなのだろうが、朝凪の制止を振り切っていらぬ憶測を呼んでしまうのはいただけないか。

「じゃあ、許してくれる？　もう怒ってない？」

「う、うん。もう怒ってないし、俺もあの時のことは言いすぎたかもって反省してるから。むしろ俺のほうこそ、ごめんなさいというか」

「ううん、そんな。私のほうこそ、ごめんね」

俺と天海さんが同時に頭を下げたところで、ちょうど時間切れを告げるチャイムとともに担任の先生が教室に入ってくる。

このままの調子だと『私が』『いや俺が』の謝罪合戦になりそうだったから、ちょうどいいタイミングで鳴ってくれて助かる。

「はーい、みんな席について……って、なんか随分静かだけど、どうかした？」

先生が怪訝《けげん》な表情を浮かべているが、クラスの大多数が同じ気持ちだろう。

それぐらい、直前の出来事は驚きだったはずだ。

もちろん、当事者の一人である俺だって。

「とにかく、俺は気にしてないから。だから、これでこの話はおしまいってことで」

「うんっ、ありがと前原君！　あ、でももうちょっとだけお話したいかもだから……今日って時間ある？」

「え？　まあ、別に平気だけど……」

週末ならともかく、今日は何の予定もない。というかこの先もおそらくないだろう。

「じゃあ、決まりだね！　いつにするかはまた連絡するから……えっと、電話番号はこの間教えてもらったやつでいいんだよね？」

「え」

「ふえ？」

天海さんが口を滑らせた瞬間、クラス内に爆弾のおかわりが投下された。

——え、マジ？　今の聞いた？

——アイツ、もしかして天海さんの連絡先知ってる？

——今日が初会話じゃないのかよ。

——おいおい羨ましすぎるぞ……。

全然隠れていないひそひそ話が俺の耳にも届く。気が緩んでつい言ってしまったのだろうが、ちょっと余計だった。

「え？　え？　私、なんか不味《まず》いこと言っちゃったかな？」

「天海さん、それ、内緒の話……」

「……あっ」

思い出したようだが、俺と天海さんが初めて喋《しゃべ》ったのは金曜日のゲーセンではなく、その少し前の倉庫裏でのことだ。

隠れて様子を観察していた件は朝凪に謝罪して許しをもらっているが、天海さんと一緒にいたことは秘密だったし、ついで連絡先を交換していることも朝凪は知らない。

ということで、俺が恐れていたのは、クラスの連中ではなく。

「あはは……とにかく、また後でね」

「う、うん」

とてとてと可愛《かわい》らしい足取りで天海さんが自分の席へと戻っていった後、すぐさま俺のポケットのスマホがブルブルと震えた。

誰からの連絡かなんて、そんなのもうわかり切っている。送った本人は、すでに教科書を出して黒板のほうを見つめているが。

『(朝凪) ＯＫ』

朝凪のメッセージを見た瞬間、ひっ、と喉奥から空気が漏れる。

誠心誠意謝罪することになるのは確実だが……果たして朝凪は俺の土下座で許してくれるだろうか。

朝の事件については、あっという間にその日におけるクラスのトレンドとなった。

ＨＲが終わり、昼が過ぎ、そして現在の放課後を迎えても、俺に注がれる好奇の視線やひそひそ話や陰口めいたものは止《や》まず……というか、時間が経《た》てば経つほどその声はひどくなっていく。

実際のところ、俺と天海さんの接点なんて朝凪が告白されていた時に偶然その場に居合わせていただけだ。連絡先は教えたが、この前までそれ以外で話したこともない。

――ねえねえ、天海さんとあの人って、いったいどういう関係なんだろう？

――超意外だよね、もしかして実は付き合ってたり？

――いやいや、あるわけないじゃんそんなこと。

――じゃあ先週の話ってどういうこと？

――さあ？　痴情のもつれ？　いや、それはいくらなんでもないか。

しかし、周りはそんなことは関係ないとばかりに、好き勝手に俺と天海さんの関係について妄想を膨らませ、一日中その話題を擦《こす》り続けている。まったく、暇な人たちだ。

「お待たせ、前原君！　じゃ、行こっか！」

「あ、う、うん……」

声は天海さんの耳にも届いているはずだが、そんな雑音はお構いなしとばかりに、彼女はいつもの眩《まぶ》しい笑顔で俺のもとへと近寄ってきた。

……そして、天海さんのそばには、当然のごとく朝凪が。

「……ごめん。二人きりじゃなんかアレだから、申し訳ないけど、夕《ゆう》の付き添いってことで私もいいかな？」

「……うん、俺は別に構わないけど」

というか、朝凪にはいてもらわないと困る。

友達となった朝凪とは気兼ねなく話せるものの、それは朝凪だからであって、天海さんとは、当然、その限りではない。

「ごめんね、前原君。男の子と二人きりだと緊張しちゃうから……あ、海《うみ》はものすごい口堅い子だから安心して」

「そうなんだ」

それについては当然のように信頼している。

なにせ、親友にすら俺との秘密の友達関係を隠し通してもらっているのだから。

「じゃ、そういうことでよろしくね。前原『君』？」

「よ、よろしく朝凪……さん」

互いに初めて話しましたという雰囲気を出しつつ、握手。

……握る力が強いような気が。いや、痛い。痛いからそろそろ放して欲しい。

手に重大なダメージを負いつつ、俺は『クラスで一番可愛い子』と『クラスで二番目に可愛い子』と二人で一緒に下校することに。

左から『天海さん』『俺』『朝凪』という形で、美少女二人に挟まれている。

微妙に逃げ出したい気持ちにかられるが、二人に挟まれているので自由な動きが制限されてしまう。

「ねえ、夕」

「うん。……もう、ニナちったら相変わらずなんだから」

「え？　新田《にった》さん？」

（そ、後ろからつけられてる。うまくやってるけどね）

朝凪が俺の耳元でぼそりと呟《つぶや》く。

確かに、少し離れた物陰からシュシュのついたポニーテールがわずかにのぞいている。

俺は朝凪に言われるまで気づくことができなかったが、付き合いのある二人にはバレバレだったらしい。まあ、友達ならそのぐらい当然か。

（う〜ん……じゃあ、ニナちには悪いけどアレやっちゃいますか。……海）

（ん）

天海さんと朝凪の二人が俺を挟んでなにやらひそひそと話している。

どうやら何か作戦があるらしいが。

（二人とも、新田さんに何かするの？）

（え？　ただ逃げるだけだよ？）

（尾行されてるなら、撒《ま》く。当然でしょ？）

（当然かなあ……？）

しかし、尾行されているのは気持ちのいいものではないので、二人に従うことに。

（あそこのT字路で二手に分かれてダッシュね。私と前原君が左、夕は右）

（ん。あ、集合場所は？　お店とかにしても、ここらへんだと場所が限られてるし）

場所か。学生ならどこかのファミレスとかになるのだろうが、それだと新田さんも当然場所は知っているわけで。

クラスの連中が知らなくて、三人で周りを気にせず話すことのできる場所、となれば。

（……俺の家、とかどうかな？）

（え？　前原君のおうち？）

（うん。ここから近いし、知ってる人もいないから。この時間だから親もいないし）

母さんは仕事で帰りは深夜。条件でいえば悪くないはずだ。最近、朝凪が遊びにくるようになってからは、ある程度片付けだってしている。

（……海、どうする？）

（まあ、前原君も悪気はなさそうだし、いいとは思うけど）

お金もかからないし、合理的な選択だと思ったのだが、二人の反応は良くない。

（え？　俺、なんか不味いこと言ったかな？）

（あ、いや、そんなことないよ？　ないんだけど……）

(いきなり女の子を自分の家に連れ込むのはどうかって、夕が)

(も、もう！　海ぃ……！)

(あ)

朝凪の指摘で気づいたが、そういえば、表向きは俺と朝凪はさっきがほぼ初めてのまともな会話で、天海さんも似たようなものだ。

まだ友達ともいえないような状態で、いきなりプライベートな空間にご招待はやっぱり良くない。そういえば、朝凪にもチクリと言われた覚えが。

(ごめん、そんなつもりじゃ……ただ、そのほうがいいかなって思って、つい)

(あ、大丈夫だよ！　前原君を疑ってるわけじゃなくて、その、ちょっとびっくりしちゃっただけだから。男の子のおうちにお邪魔するの、私、初めてだから)

とはいえ、天海さんは耳の先まで真っ赤になっている。クラスの男子とも交流はあるようなので多少は耐性があると思ったが、そこはきちんと線引きしているみたいだ。

(じゃあ、決まりね。集合場所は前原君の自宅に十七時。私が先に前原君と行くから、場所は後で連絡するよ)

(うん、りょーかい！)

(……よし、行くよ。一、二の、三！)

朝凪の言葉を合図に、俺と朝凪、そして天海さんの二手に分かれて一斉に駆けだした。

「あ！　逃げた！　待てー！」

新田さんの声が後ろから聞こえるが、この辺は住宅街で道も入り組んでいるので、一旦曲がり角で見失うと追い付くのは困難だ。

「誰がパパラッチの言うことなど聞くものかっ。ほら、前原、こっち！」

「あ、おい――」

流れるようにごく自然に手を摑《つか》んだ朝凪とともに、俺は西日に照らされ橙色《だいだいいろ》に染まる帰り道を並んで走る。

「朝凪」

「なに？」

「なんか、楽しそうじゃん」

「そう？　気のせいじゃん？」

走っているせいか緊張のせいかはわからないが、半歩先で俺の手を引く朝凪の手は若干湿っているように感じた。

新田さんを無事に撒いて自宅へ戻り、朝凪とともに家にあった茶菓子やらを準備していると、ほどなくしてエントランスのインターホンが鳴らされた。

『やっほー、前原君。天海夕、ただいま参上いたしました！』

インターホンの画面に、天海さんの爽やかで可愛らしい笑顔が大写しになっていた。頑張って走ってきたのだろうか、前髪の一部が汗で額に張り付いている。

「ごめん、今ロック解除するね。ドアの鍵は開いてるから、そのまま入ってきていいよ」

『はーい！』

ロックを解除し、天海さんがやってくるのを待つ。突然の来客なので部屋が多少散らかっているが、ある程度は仕方ないだろう。母さんが脱ぎ散らかしたと思われる寝間着などを洗濯機に突っ込み、リビングのテーブルのものを片付ける。

「前原、食器の場所ってどこ？　お菓子、一応お皿に並べたほうがいいよね？」

「冷蔵庫の隣の食器棚の一番上に来客用のやつがあるから、それ使って。あと、お皿のそばにカップとソーサーもあるはずだから、それも人数分」

「ん」

俺と朝凪の二人で手分けして最低限のおもてなしの準備を整える。

朝凪もお客さんなので、ソファでゆっくりしてもらっても全然構わないのだが、

『私もやるから』

とのことで、協力してもらうことに。

「お邪魔しま～す。へ～、前原君ちってこんな感じなんだ」

「狭いところでごめん、母親と二人暮らしだからさ」

「あ、ごめんなさい。私ったら、また失礼なこと……こういうの初めてだから、つい」

そう言って、天海さんが頬《ほお》をほんのり赤く染めて俯《うつむ》いた。

反応がとても初々しい。

「……なあに、前原君？　私になにか言いたいことでも？」

「え？　な、なんのこと？」

ソファでくつろぐ朝凪がじとっとした視線をこちらに向けてきている。朝凪も、俺の家に来て最初のうちはそれなりに部屋の中をキョロキョロしていたはずだが、今となってはまるで我が家みたいにくつろいでいる。

ただ、朝凪もここに来るのは初めて（表向きは）なので、一応注意だけするよう目配せして、天海さんをリビングのテーブルに案内する。

「わあ、クッキーのカンカン。私、これ好きなんだよね。なんか高級な感じがして」

「そう？　前に来客用で買ってたやつだから、お好きにどうぞ」

「ほんと？　やった。ねえ、海も一緒に食べよ？」

「はいはい。あ、その前にちゃんと汗ふこうね、はいハンカチ」

「ありがと……って、このぐらいできるから。子供扱いしないで」

「高校生はまだ子供だっての。あと、食べる前に手もちゃんと洗いなね」

「だから……ぶ～」

むくれる天海さんをよそに、朝凪は慣れた様子で天海さんの世話を焼いている。

学校でもよく見る光景だが、これが彼女たちのいつもの素なのだろう。まるで姉妹だ。

天海さんの世話を焼く朝凪と、むくれながらもされるがままの天海さん。

二人の容姿も相まって、なんだかとても画《え》になる光景だった。

「天海さん、飲み物はどうする？　コーヒーか紅茶……あと、緑茶とかもあるけど」

「じゃあ、コーヒーにしようかな。あ、あと砂糖とミルクはいっぱいつけてくれると嬉《うれ》しいかも。苦いの、ちょっと苦手で」

「了解。そういえば、甘いもの大好きだったっけ」

「うん。あ、もしかして自己紹介の内容、覚えててくれたの？」

「あ……まあ、うん。あの時の天海さん、目立ってたし」

ヤカンを火にかけて、コーヒーの準備をする。

天海さんは砂糖とミルクたっぷりで、俺は砂糖だけ。あと、朝凪はどちらかというと苦いほうが好きだからミルクだけ――。

「あ、ねえ、海。海はお願いしなくていいの？　前原君、海の分のコーヒーも用意しちゃってるけど」

「……」

天海さんがそう言った瞬間、俺は二人に背中を向けたまま硬直する。

しまった。いつもやっていたことだったので、朝凪からも好みを聞くだけ聞かなければならないことを忘れていた。

俺の家でお話しようと自分から誘ったくせに、この場において朝凪ともほぼ初対面であることを徹底できていない。

「ん？　ああ、私は夕が来る前にお願いしてたから。コーヒー砂糖なし、ミルクあり。ね、前原君？」

「！　あ、ああうん、そうだね」

焦っていたところに、朝凪からのフォローが入る。先に二人で家にいたので、答えに不自然なところはない。さすがだ。

「じゃ、早速先週の話をするってことなんだけど、その前に……夕、それと前原君」

「うん、なに？」

「……なんでしょう」

「なんで二人ともお互いの電話番号知ってんの？」

「「うっ」」

俺たちを見る朝凪の目が細められる。口元は笑ったまま、だが目は全く笑っていない。

「え～……それはですね……」

俺と天海さんはすぐに白状して謝った。

それはもう真摯に。

「――なるほどね。まあ、そんな感じだろうなとは思ったけど」

「ごめんね、海。覗《のぞ》いちゃダメだって思ってたんだけど、どうしても海のことが気になっちゃって……」

「俺も、今まで黙っててごめん」

「？　どうして前原君も謝るの？　前原君は私とニナちが巻き込んだだけで、一つも悪くないのに」

「そうだけど……巻き込まれたにしても、結局は二人のこと注意できなかったから」

覗き見の件については朝凪から許しはもらっている俺だったが、天海さんの連絡先の件については秘密にしていたわけで。そこはずっと後ろめたさを感じていた。

「まったくもう……夕、ちょっと顔を前に出して。それから前原君も」

「？　こうすればいい？」

「……はい」

言われた通り、俺と天海さん、それぞれ顔を朝凪のほうへと近づける。

と、瞬間、額に鋭い痛みが走った。

「ったた～い……！」

「っっ……!?」

「──はい、お仕置き終わり」

朝凪がやったのはデコピン……らしいが、デコピンにしては威力がおかしいような。

実際、今も額がじんじんと痺《しび》れて……これ、血とか出ていないだろうか。

「別に怒ってはいないけど、ケジメとしてね。夕もそっちのがスッキリしていいでしょ？」

「うん……ごめんね前原君。私が秘密とか変なこと言ったせいで巻き添えを……」

「だ、大丈夫……いや、マジで痛いなこれ」

今回はこれで済んだが、今後は朝凪に隠し事はしないようにせねば。

下手したら額がいくつあっても足りない。

「はい、じゃあこの件はこれでおしまい。次蒸し返したら今度は本気でやるからね」

「え？」

今度は、本気？

さっきのでさえ相当だったのに、まだ先が……。

「天海さん……あの、」

天海さんのほうを見ると、目が合った彼女は青い顔でこくこくと無言で頷《うなず》きを返した。

「マジすか……」

「──なんなら一発試してみる？」

「遠慮します。いや、マジで」

朝凪デコピン、おそるべし。

ともかくこれで話は水に流すとして、ようやく今回の本題へ。

その前に、飲み物が冷めないうちに、用意した茶菓子をつまむことに。

「あ、このクッキーおいしい。海、ほら、このチョコがかかってるやつ」

「うん、うまい。こっちのうすしお味のポテチと交互にやれば『甘い』『しょっぱい』のループじゃん」

「だね。これはけしからんですな。体重的にも」

二人はいつもの調子で仲睦《なかむつ》まじく互いにお菓子を食べさせ合っている。親友といっても、ここまで仲がいいのは珍しいのではないだろうか。

「？　あ、ごめんね。私たちだけバクバク食べちゃって——はい、前原君もどうぞ」

「あ、うん。それじゃ——」

天海さんから差し出されたクッキーを受け取り、そのまま一口。

「どう？　おいしい？」

「うん。まあ、自分で選んだやつだし」

バターとビターチョコのカカオの香りがいいし、甘さ的にもちょうどいい。

「はい、前原君。これもおいしいよ」

「あ、うん……本当だ」

天海さんに勧められるままクッキーをはむはむとかじる。クッキーはおいしいし好きだが、細かい欠片《かけら》がポロポロと落ちるのが玉《たま》に瑕《きず》だ。

「……えへへ～」

こぼさないよう少しずつ食べていると、天海さんがずっとこちらを見てニコニコしているのに気づく。

「あの……天海さん？」

「あ、ごめんね。食べてる時の前原君、可愛《かわい》いなって思って」

「かわっ……？」

予想外の一言に、思わずドキリとする。

元々口が大きくないこともあって、今のクッキーのように小動物みたいな食べ方をすることはたまにあるが、可愛いなんて言われるのは初めてかもしれない。

急に恥ずかしくなり、ぼうっと頬が熱を帯びる。

「あ、赤くなった。やっぱり前原君ってば可愛い」

「あ、いやその……」

こういう場合どう反応したらいいかわからず、俺はたまらず朝凪に視線を送った。

「……ほら、夕。もぐもぐタイムはその辺にしておいて、さっさと本題に入ろ。そのために私もわざわざ付き添ってんだから」

「あ、うん、そだね。ごめんね、前原君。私ったらまた」

「いや、うん、大丈夫だから」

朝凪が助け船を出してくれたおかげでなんとか軌道修正できたものの、なぜか朝凪がふくれっ面になっている。

——バカ。

朝凪の唇がそう動いた気がしたが、俺、何か不味《まず》いことでもしただろうか。

「何回もごめんだけど、それじゃあ改めて……前原君、あの時は本当にすいませんでした。せっかくお友達と二人で遊んでたのに、私、無神経で」

「いや、俺のほうこそ、あの時はすいませんでした」

俺も頭を下げて、先週のことを思い出しながら、なんであんな言動をしてしまったのかを天海さんに説明する。

大勢になるとどうしても気を遣って萎縮してしまうこと、友達と二人で楽しんでいたところに水を差された気がしてカチンとしてしまったことなど、自分のその時感じた気持ちを正直に打ち明けた。

その間、天海さんは何も言わず、真剣に俺の話に耳を傾けてくれている。なので、恥ずかしい気持ちはあるが、これは伝えるべきだと思った。

「……その、多分だけど、俺にとっては、その友達との時間がすごく楽しくて、大事なものだったんだと思う。久しぶりにああいう場所に行って、学生らしいことしてふざけて遊ぶなんて、俺、ほとんどやってこなかったから。多分、その友達も」

朝凪は常連だが、その友達＝朝凪であることは当然今のところ内緒なので、その点だけはフェイクを入れて伏せておく。

「……そっか。じゃあ、前原君はその友達のことが大好きなんだね」

「⁉ あ、いや……それは、その……」

「？ 前原君、どうかした？」

「い、いやなんでも……そういう見方もあるにはある、のかな……友達としてはもちろん大切だけど、大好きかどうかは……あの、どうだろう」

朝凪が大事な友達なのは確かだが、その本人が目の前にいるので、思わずしどろもどろな答えになってしまう。

恥ずかしくて、なんだか朝凪のほうを見ることができない。

今、朝凪はどんな表情で俺の話を聞いているのだろう。

「とにかく、先週の件については俺も反省してるし、忘れようと思う。だから、天海さんもそうしてくれると嬉《うれ》しい」

「うん、ありがとう。じゃあ、仲直りの印に握手ね」

「あ、うん」

差し出された手をとって、俺と天海さんは握手を交わす。

緊張で手汗が滲《にじ》んでいないか心配だったが、天海さんはそんなことお構いなしにぎゅっと俺の手を握り、ついでにブンブンと上下に振ってきた。

「よかったね、夕」

「うん、ありがとう海。海のおかげで、前原君と仲直りできたよ」

「どういたしまして」

一時はどうなることかと思ったが、これで先週のことについては一件落着だろう。

今後しばらくの間は、天海さんと俺の関係について変な憶測が飛び交うだろうが、それも無視しておけばいずれは収まるはずだ。

クラスの人気者と、クラスのぼっち。再び別の世界で、関わり合いを持つことなくやっていけばいいだけの話なのだから。

「さて、と。夕、話も終わったことだし、早いとこ帰りましょうか。あんまり長居すると前原君も迷惑だろうし」

「うん。あ、でもせっかくこうして仲直りしたんだし、前原君にもう一個だけお願いがあるんだけど、いいかな？」

「まあ、別に構わないけど……なに？」

「うん、えっと、あのね……」

片付けも終わり、帰宅しようとしたところで天海さんが俺のほうへ向き直った。

「前原君。もし嫌だったら嫌って言ってくれていいんだけどね」

「わかったけど……なに？」

「あの……えっとね」

体をもじもじとさせながら、天海さんは続けた。

「前原君、良ければ私とお友達になってくれませんかっ」

「「………」」

突然の申し出に、俺と、そして天海さんの隣にいる朝凪は思わず固まってしまう。

なんとか無事に落とし所を見つけたと思ったが、どうやらまだしばらくの間、天海さんとの関係は続くことになるらしい。


そして、翌日。俺と友達になった（らしい）天海さんは早速仕掛けてきた。

「あ、真樹《まき》君だ。おはよっ、今日もいい天気だね！」

「おはよう……そっすね」

「む〜、真樹君ったら、そんなに気なんか遣わなくていいのに」

愛らしくむくれる天海さんだったが、生憎《あいにく》今の俺はそれどころではない。

クラスメイトの視線が痛い。

「ね、ねえ夕ちん……あのさ、一応訊《き》くけど、真樹君ってまさか……」

「え？　やだな～ニナちったら。そんなの前原君に決まってるじゃん。前原真樹君。もしかして、名前覚えてないの？」

「え？　い、いや、そんなことは、ない……けども」

新田さんが俺の名前を知らないことはいいとして、俺と天海さんの仲についてはさぞ驚いただろう。

昨日は『前原君』だったのに、今日になったら『真樹君』。

何があったんだと、変な想像をする奴《やつ》もいるはずだ。

「夕ちん、随分その子と仲良くなったね。……やっぱり何かあった？」

「うんっ。私、真樹君と仲直りして、お友達になったんだ。ね？　真樹君？」

ざわっ。

太陽のような笑顔で放たれた天海さんの言葉に、教室全体が大いにざわめく。昨日も相当だったが、今日の様子はそれ以上だった。

――おいおいマジかよ。

――あんな奴と天海さんが……。

――もしかして、なんか変な弱味《よわみ》でも握られてるんじゃない？

――弱味って何よ？

――いや、それは思いつかないけどさあ……

好き放題言われているが、それはもう諦めるとして。

結論から言うと、昨日、俺は天海さんと友達になった。だからこその名前呼びである。

「他の人がどう思ってるか知らないけど、真樹君はとてもいい人だと私は思う。いつもは大人しいかもだけど、ちゃんと自分の考えを持ってるし言えるし、それに頭も良くて……私的には海みたいな男の子って感じ」

ものの考え方捉え方は近いので、そういう意味では朝凪と似ているかもしれないが、それは買いかぶりすぎのような。

「ね、海？　海ならわかってくれるよね？　昨日一緒にいたし」

「親友でもわからないものはわからない……かも」

「ええっ？　そうかな～……海と真樹君、友達になれば絶対仲良しになれると思うんだけど。連絡先交換すればよかったのに」

「まあ、私も女の子だし……その辺は慎重にしないと」

交換どころか頻繁に連絡を取り合っている仲だが、天海さんは知る由もないので上手《うま》いこと濁すしかない。

しかし、天海さんの目から見ても俺と朝凪はそんなふうに映ったのか。天海さんの前ではほとんど会話などしなかったのに。天海さん、意外に鋭いのかも。

「！　そうだ。真樹君、今日のお昼は一人？」

「まあ、うん。いつもそうだし、そのつもりだけど」

「そうなんだ。じゃ、今日は二人で一緒にお昼ご飯食べよっか」

――ふ、二人で⁉

天海さんからの発言によって、教室中がさらに騒々しくなる。

「ちょっ、夕――それはいくら何でもまずいと言うか……」

「そう？　真樹君、大勢で色々するの苦手だって言ってたし、それなら二人きりのほうがいいかなって。ダメかな？」

「まあ、絶対ダメってわけじゃないけど……前原君もそう思うでしょ？」

「う、うん。それはさすがに緊張するっていうか」

朝凪ならともかく、天海さんはウチのクラスどころか、今や学年のアイドルと言っても過言ではない存在である。

そんな人と二人きりで昼食を食べる――考えただけで緊張してしまう。

「ほら、前原君もそう言っているし」

「う～ん、あ、じゃあ、海も一緒ならどう？　三人になっちゃうけど、海も昨日は真樹君と一緒にいたわけだし。ね、真樹君、それならいいでしょ？」

「え、え～っと……」

二人から三人になっても、一人増えたのが朝凪だと、それはそれで問題なような。

しかしここで頑《かたく》なに断ると『調子に乗るな』と逆にクラスメイトからの心証が悪くなる可能性もある。なんとも理不尽だが、ここは仕方ない。

「……わかった。じゃあ、今日は朝凪さんと天海さんと三人で、ってことで」

「本当？　やった」

俺からの了承をもらった天海さんが無邪気にバンザイしている。

別に俺とご飯を食べたところで面白いことなんて何もないのに……いい人なのか、それとも単に変わっているだけか。

「ありがとう真樹君！　ねえ、海、真樹君オッケーだって」

「はいはい、よかったね。……ごめんね、前原君。ウチのお姫様のわがままを聞いてもらっちゃって」

「いや、俺は別に問題とかないし」

成り行きとはいえ、やはり結局は朝凪に頼ってしまう形に。

困った時はお互い様——俺と朝凪の共通認識ではあるが、それでもなるべくなら自分一人で切り抜けたかった。

約束をして互いの席に戻った後、俺はすぐさま朝凪にこっそりメッセージを送る。

『（前原）　ごめん、朝凪。俺一人じゃどうにもできなかった』

『(朝凪) 今回はしゃあないよ。私たちの仲がバレたわけじゃなし、切り替えてこ』

『(前原) だね。ありがとう朝凪。そう言ってくれて嬉《うれ》しいよ』

『(朝凪) どういたしまして。友達ならこういう時こそ協力し合わないとだし』

『(朝凪) そ』

『(前原) そ？』

『(朝凪) ごめ、誤送信。なんでもない』

『(前原) そう？　ならいいけど』

そこでいったんやり取りを打ち切り、顔を上げて前の席にいる朝凪を見る。

こちらの視線に気づかず依然スマホとにらめっこしている朝凪の横顔が、いつもよりほんのわずかに赤くなっているような気がした。

そこからあっという間に昼を迎えた。

1限～4限まで、休憩時間含めて四時間と少し。時間の流れは平等のはずだが、こういう時に限ってあっという間に過ぎ去っていく。

「ん～、やっと午前の授業終わったね。いつもはもっと早く感じるのに……ねえ、海もそう思わない？」

「いや、どっちかって言うと私は逆な感じだけど……」

ちら、と俺と朝凪の視線が合う。やはり、朝凪もこの後のことを考えていたようだ。

そして当然、他のクラスメイトたちも。

早く出て行けと思うが、いつもはすぐに教室から消える人すら、今日ばかりは俺たちのことが気になるご様子だ。

「ったくもう……ただクラスメイトと昼ご飯一緒するだけだってのに……あと、新奈《にな》は今すぐスマホをしまう」

「……は、は～い」

朝凪が声をかけた瞬間、後ろの席の新田さんの制服の袖の中からスマホがするりと抜け落ちた。油断も隙も無い人だ。

「あはは……この様子だと教室じゃゆっくり食べられないね。ちょっと肌寒いけど、今日は外で食べよっか」

「だね。日差しが当たってる所ならむしろちょうどいいだろうし。前原君もそれでいい？」

「うん。俺は別に構わないけど」

ということで、俺たち三人は教室を出て、どこかいい場所はないかと探す。

「海、どこがいいかな？　私、お昼は教室か学食で食べることがほとんどだから、こういうのわからないんだよね」

「普通に考えれば中庭なんだけど、あそこわりと人が多いからね。私たちは別に構わないけど……前原君は大丈夫？」

　人が多いといってもひしめき合っているほどではないので、ベンチなどが使えないだけで座れる場所はいくらでもある。

なので、二人がそれでもいいと言うのなら、それに従っても構わないのだが。

——なあ、あそこの女子二人って一年？

——じゃね？　ってか、二人ともめちゃ可愛《かわい》いな。特にあの金髪の子。

——で、後ろにいる冴《さ》えないヤツは何？　どういうこと？

それは俺も聞きたいが、とにかくそんな感じで、廊下を歩いているだけでこんな話がひっきりなしに耳に入ってくる。

そんな中でお弁当を食べたところで、きっと美味《おい》しくない。

「あのさ、もし二人が良ければなんだけど……」

「ん？」

「なに？」

中庭近くでどうしようかと話している二人に、俺は声をかけた。

こういう時こそ、俺の出番である。

「——わあ、本当だ。こんな場所なのに、誰も人がいないなんて」

「日当たり良好で、テーブルとかはないけどベンチもあって……いいところじゃん」

「そう言ってくれてよかった」

俺が二人を連れてきたのは、校内の敷地の南側、職員室や校長室のある教職員棟の建物の脇にある教職員用の喫煙スペースだった。

数年前までこの場所も、昼時は煙草《たばこ》を嗜《たしな》む先生たちの憩いの場になっていたらしいのだが、近年の世間の流れもあって、校内の敷地全てで禁煙となり、その結果、スペースだけが残り、放置されてしまったのだ。

砂埃《すなぼこり》で汚れていたベンチを綺麗《きれい》にして座れる状態にする。花や木がちゃんと植えられた中庭と較《くら》べると狭いし雑草ばかりだが、それでも喧噪《けんそう》とは無縁で、俺のような生徒がぼんやりするには最適な場所だ。

「俺だとこんなところしか思いつかなくて……ダメだったかな？」

「そんなことないよ！　ありがとね、真樹君。ほら、海もちゃんとお礼言って」

「夕が仕切るなし……まあ、ありがと」

さっそく並んでベンチに座って弁当を広げる。

「あ、真樹君の卵焼きおいしそう。私のウインナーと交換しない？」

「え、まあ、別にいいけど……口に合わないかも」

「いいよ、全然。……真樹君、もしかして、そのお弁当自分で用意したの？」

「たまにね。親が仕事で忙しいから、時間がある時は」

天海さんはびっくりしているようだが、そう難しいことではない。前日の夕食の残りや、休日に作り置きした常備菜があるので、少しだけ早起きすれば簡単に用意できる。

たまに手を抜くこともあるが、母さんとの二人暮らしなので多少は頑張らなければ。

「海、どうしよう。私たち、女の子なのに真樹君より女子力低いんだけど」

「そこに私含めんのやめてくれる？　負けてるのは確かなんだけど」

家事に関しては二人とも親に任せきりだろうから、それはしょうがない。俺も最初は上《う》手《ま》くいかなくて、炊事洗濯のやり方など、スマホで検索しまくりだった。

「うわあ、この卵焼きおいしい。甘じょっぱい感じで、ご飯にも合うかも」

「え……前原君、私ももらっていい？」

「ん、いいけど」

渡したもう一切れを口に入れた瞬間、朝凪が目をぱちくりとさせている。

「……どう？」

「……ずるい」

焼く時に市販の白だしとそれから砂糖を一つまみ加えただけのわりとシンプルなものだが、二人とも気に入ってくれたようでよかった。

朝凪の感想がなぜ『ずるい』なのかは気になるが……そこは好意的に受け取っておくこ

とにしよう。

おかず交換をきっかけにして、俺たちは料理談義に花を咲かすことに。

天海さんと昼食をともにするにあたって、いったい何を話せばいいのだろうと迷っていたが、料理という無難な話題に落ち着いて助かった。

「へえ〜、真樹君ってお菓子作りもできるんだ。卵焼きの時点で只者《ただもの》じゃない感すごかったけど……ふぐっ、ここまで圧倒的だとは」

「いや、できるっていっても、そう大したものじゃないし」

費用対効果を考えると買ったほうがいいのだが、休みの日は家から出たくないし、そういう店に男一人で行くのには抵抗もあって、甘いもの欲が高まった場合、作ることが十分選択肢に入ってくる。もちろん、時間も腐るほどある。

「じゃあ、最近作ったお菓子の中で美味しかったのは？」

「えっと……卵とバナナだけで作るスフレパンケーキ、とか……」

「た、卵とバナナだけで作るスフレパンケーキ……!?」

オウム返しのように言って、天海さんが驚愕《きょうがく》で震えている。

「ね、ねえ海、今、一瞬だけ気を失っちゃったんだけど、真樹君なんて言った？」

「夕、気をしっかりもつんだ。傷はまだ浅いぞ」

信じられないという様子で二人が俺を見る。個人的には何も凄《すご》いことはないのだが。

「そんなに驚くほど難しくないよ。ネット動画とかレシピサイトとか見て、簡単な手順で作れるようなものだし」

「ぶ～、真樹君ったら、そんな簡単に言っちゃって～……分量通りレシピ通りに作っても失敗しちゃう人だっているんですよ。ねえ、海？」

「夕には『砂糖をダークマターに変える』っていう錬金術師の才能があるからね」

「あ、海ったらひどい！　そんなこと言って、海だって似たようなもんじゃん。去年のバレンタインの時に作ったチョコ風木炭のこと、忘れたとは言わせないんだからね」

「せめて木炭の後ろに『クッキー』を入れるんだよタコ助」

どうやら二人とも料理方面のスキルについては明るくないようだ。ということは、朝凪は食べる専ということか。

「あ、バレンタインって言っても、友チョコがわりに自分たちで作っただけで、誰かにあげたとかそんなんじゃないから」

「そういえば二人は女子校だったね」

二人がいた女子校は広い地域で見ても一番のお嬢様学校で、裕福な家庭の子や成績優秀な生徒が通う場所である。さらに小中高と一貫教育らしいので、普通なら高等部にそのまま進む生徒がほとんどなはずだが。

……いや、変な想像はよそう。俺だって、似たようなものだ。

「いいな～いいな～、私、甘いもの大好きだから、話聞いてたら真樹君のやつ食べたくなっちゃったよ～……はうう、パンケーキぃ……」

「そんなに食べたいのなら、別に作ってもいいけど……」

「え？　本当？　作ってくれるの？　やった～！」

花が咲いたようにぱっと笑って、嬉《うれ》しそうにバンザイをする天海さん。

五百円もあればトッピング含めて量も味も十分満足できるほどの安いもので、市販のものに較《くら》べれば遠く及ばない出来なのだが……そこまで喜ばれるとは、なんだか体がむずがゆくなってくる。

「じゃあ、また真樹君のお家《うち》に遊びに行かなきゃ。今日はちょっと別の用事が入ってるから無理だけど、他の日ならなんとか……あ、今週の金曜とかどうかな？　その日はまだ予定入ってないから大丈夫だし」

早速予定を埋めようしてくる天海さんだったが、そこは、ちょっと都合が悪い。

「金曜日……」

今のところ約束はしていないが、金曜日は基本的に朝凪と遊ぶ日だ。

まあ、あくまで俺がそう設定しているだけで、両方の予定（主に朝凪）が合わなければ、予定は無しにしても問題はない。

……ないのだが。

「……あ～、ごめん。その日っていうか、金曜日は俺のほうが都合悪い、かな」

「え？　そうなの？」

「うん。他の曜日ならいいんだけど、その日はちょっと空けておきたいっていうか……」

こう言ってしまうと朝凪と俺の両方とも都合が悪いということになるので、下手したら天海さんに勘付かれてしまう可能性もある。

秘密に気づかれないよう、今週に限っては天海さんとの予定を入れ、朝凪との予定は無しにする。そのほうがベターな選択のはずだ。

朝凪だって、同じシチュエーションなら誘いを断ったりはしないだろう。

「あ、もちろん別に用事があるってわけじゃないんだ。だけど、うるさい親も仕事で帰ってこないし、基本的には一人でだらだらゆっくりしたくて……」

しかし、やはりその日に限って言えば、朝凪のほうを優先したい。

朝凪がいつもの付き合いで疲れた時、いつでもその相手ができる状態でいたい。

天海さんとはまた違った『友達』として、そうありたいと俺が思っているから。

「だから、別の日にしてくれると嬉しいかなって……ダメかな？」

「そんな、私は全然平気だよ。っていうか、今回のは私からおねだりしてるわけだから、都合は私のほうで合わせないと。ねえ海、来週のどこか、真樹君との予定入れちゃってもいい？　一緒に行こうよ」

「は？　いや、え～っと……」

嫌がるような素振りはおそらく演技だろう。というか、朝凪も当然いてくれないと困る。

「……まあ、しょうがないけど、保護者は必要か。いいよ」

「へへ、ありがと海。じゃあ、決まりだね」

早速来週の半ば頃に遊ぶ約束を取り付けることに。こういう勢いで、天海さんはどんどん色んな人と繋がりを作っているのだろう。

「あ、もうこんな時間か……海、５限なんだっけ？」

「えっと、あ、体育だね。着替えがあるから、早めに行かないと」

「ウソ？　真樹君ゴメン、私たち先に帰んなきゃ」

「あ、うん。二人とも行ってらっしゃい」

「うん、行ってきま～す！」

「じゃあね」

二人を見送って、残された俺は一人ベンチに腰かける。

直後、ポケットに入れたスマホが震えた。朝凪からのメッセージだ。

『(朝凪)　バカ。別に夕と遊んでもよかったのに』

『(前原)　バカですいませんね。でも、誰と遊ぶかは俺の自由だし』

『(朝凪) そうだけど。でも、そんなに私と遊びたいんだ？』

『(前原) いや、別に』

『(朝凪) ウソ。素直になっちゃえよ。私がいなきゃダメなんしょ？　欲しいんだろ？』

『(前原) は？　いらねえし、バカ』

『(朝凪) バカって言ったほうがバカなんだけど。このバカ』

『(前原) うるさいバカ。さっさと着替えろ』

これ以上は不毛な言い合いになる気がして、俺はスマホをポケットに突っ込んだ。

朝凪のヤツ、人のことバカバカ言って。次遊ぶ時覚悟していろよ。

最近は毎週のように遊びに来る朝凪だが、他の子との付き合いは大丈夫なのだろうか。

そういえば、とふと疑問に思う。

金曜日。土曜日が休みなので、火曜日や水曜日などと較べると、やはりこの日に遊ぶことが多いはずだろう。実際、多くのクラスメイトたちも、この日に約束をしている場合が多い。

俺みたいな奴《やつ》がしたり顔で語るのもなんだが、多くの人と遊んだりして関係を持つことは、やはりメリットのほうが大きいと思う。

高校のクラス替え、大学・社会人と、俺たちはこれからも何度か強制的に違うコミュニティへと移動を余儀なくされる。多くの人と交流を持っていると、そういう時にスムーズに移行できることが多い。小学校から中学校、中学から高校へ上がる時がわかりやすいが、入学時、基本的には出身小や出身中でまず固まり、そこから別のグループと交わり合って、徐々に付き合いが変化していく。

とにかく、余計なことかもしれないが、朝凪のことを心配しているわけだ。

週末は朝凪がいつ来てもいいように予定を空けてはいるので、何なら毎週来てもらっても問題はない。

なんだかんだ楽しそうにしているし、毎週来るということは居心地もそう悪くないと思われているわけで、迎える側としては……まあ、嬉しいのだが。

「……なに？　どしたん？　私のことじっと見て」

俺の視線に気づいた朝凪が俺のほうを見て小首を傾《かし》げている。右手にフライドポテト、左手にコントローラーというだらしない状態だが、元が美人なので、なんだかんだ画《え》になってしまうのが小憎らしい。

「あ、わかった。この私が可愛《かわい》いから見惚《みと》れちゃったんでしょ？　じゃあ、そのついでってことでちょっと手加減を――」

「いや、それはならん」

「んぎゃっ。こ、このヤロ、またハメやがったな！　物陰に隠れてないで、姿を見せていざ尋常に勝負しろ！」

「お前はもう少し戦い方を覚えて……って、そうじゃなくて、ちょっと心配してたんだよ」

「何の心配？　私はアンタと違って太ってはないけど」

「……俺の体重増はどうでもいいの」

一人で考えてもしょうがないので、朝凪に俺の心配について話すことに。

結局俺の言いたいことは、『もっと他の人とも遊んだほうがいいのでは？』ということなので、それを聞いた直後、朝凪は不機嫌そうな顔を見せた。

「なに？　私と遊ぶのがそんなに嫌？　飽きたから私は用済み？」

「用済みなわけないだろ。朝凪がいてくれて俺は……」

「……俺は、なに？」

「う……」

つい隠している本音が出そうになって俺は口をつぐむが、そういうところは目ざとい朝凪が、途端にニマニマとしだした。

「へえ～ふ～ん？」

「なんだよ」

「ん？　別にぃ？　前原、今何を言おうとしたのかな～って思ってさ。……朝凪が？　いてくれて？　はい、前原君、その先をどーぞ」

「……俺は、」

「うん。俺は？」

「……隙あり」

朝凪が俺のほうに気をとられている間に、俺はゲーム画面の朝凪の可愛いアバターをサブマシンガンでハチの巣にする。

「あ、こら！　私が見てない間に、卑怯者《ひきょうもの》！」

「戦場に卑怯もクソもないぞ」

なんとか強引に話をはぐらかして、俺たちは再びゲーム画面に戻った。

朝凪のゲームスキルは以前と較《くら》べて格段に上がってきている。訊《き》くと、お兄さんの部屋にあるゲーム機を持ち出して特訓しているようだ。

だからか、最近は会話やメッセージのやりとりの時も、ゲームの専門用語などが飛び交うことが多くなっている。歴一年ほどだが、朝凪ももう立派なゲーオタだ。

「ともかく、私のことを心配してくれてるんだよね？　それについてはありがと」

「……俺も変なこと心配した。そこは俺もごめん」

「ん。でも、前原の言うこともわかるよ。確かに、最近は入り浸りすぎ感あったもんね。あんまり露骨だと夕にもバレちゃうし、もう少し気を付けることにするよ。で、来週は何食べよっか？　私、このミックスモダン焼き気になってんだよね〜」

「あれ？　話ちゃんと聞いてた？」

　なんとなくはぐらかされた気もするが、まあ、しっかり者の朝凪ならちゃんと考えてくれているだろう。

「あ！　そうだ。この前貸してくれたラブコメ漫画だけど、あれ、わりと面白いじゃん。主人公もヒロインも皆可愛くてさ」

「だろ？　昨日最終巻が早売りされてるの見つけたから読む？」

「マジ？　それ先に言ってよ！　どこにあるの？　前原の部屋？　読ませて！」

「いいけど、俺まだ読んでない……」

「じゃあ一緒に読めばいいじゃん。ほら、そんなしなびたポテトなんか食べてないで、早く部屋に行くよ」

「これ頼んだのアナタなんですけど」

　ということで、一旦ゲームは中断し、俺の部屋で漫画を読むことに。

　親が編集の仕事をしていることもあって、俺の本棚には漫画本やラノベその他がびっしりだ。ゲームにちょっと疲れた時や、微妙に気分じゃない時は二人で一緒になって部屋で寝転がって漫画を読むこともある。

「前原、隣座っていい？」

「いいけど」

そう言って、二人でベッドに腰かけて目当ての漫画を読み始めた。

「……前原、次いいよ」

「ん」

「うん」

朝凪のペースに合わせて、ゆっくりページを繰っていく。

「……最後どうなるかと思ったけど、ちゃんとハッピーエンドでよかったね」

「うん。やっぱり王道が一番かな」

俺も朝凪も、好きな作品や話題になっているものなどについては、ちょっとしたセリフ回しや伏線の考察など、少し細かいところまで語り合いたいタイプの人だ。

漫画や映画などは天海さんや他のクラスメイトたちとも話題にするそうだが、映像に迫力があったとか、音楽が良かったとか、大まかな話がほとんどで、朝凪が本当に話したいところまで話題が及ばないという。

そういう点も、朝凪が俺のことをますます『同志』だと思っている要因だそうで。

「はあ〜面白かった。もう一回最初から読みかえそっと……前原、一巻どこ？」

「本棚の真ん中らへん。じゃあ、俺は別のヤツ読もうかな」

その後は、それぞれベッドやカーペットの上に寝転がったり、壁に寄りかかったりして、それぞれ好きな本を読んで静かに時を過ごす。

その間の俺たちは静かで、特に何かを喋《しゃべ》ることもない。だが、だからといって気まずくなることもない。

これが、俺と朝凪のいつもの過ごし方だ。

「ふう、久しぶりに集中して読んじゃったな……」

キリのいいところで一息つくと、すでに二時間以上過ぎていることに気づく。

読書やゲームをしていると、こういうことが頻繁にあって困る。

「眠気覚ましにコーヒーでも飲むか……朝凪、コーヒー淹《い》れるけど、お前も——」

と、俺のベッドの上を我が物顔で占領して漫画を読みふけっている朝凪に声をかけたところで気づく。

「かぁ～……」

「っと、寝てるみたいだな……」

顔を覗《のぞ》き込むと、途中で眠くなってしまったのか、朝凪は口をだらしなく半開きにした状態で寝ていた。しかもいびきのおまけつき。

寝るのは結構だが、それにしてもリラックスしすぎのような。一応、ここも立派な思春期の男子の部屋なのだが。

「……んがぁ」

「ったく、女の子らしくないいびきしちゃってさ……」

しかし、一緒にいると、そういうところも愛らしく感じるのだから不思議なものだ。

「ふわあ……俺もちょっと横になるか」

朝凪の寝顔を眺めていると、眠気がうつったのか瞼《まぶた》が重くなってきた。

スマホを見ると、時刻は九時少し前。いつも朝凪が帰る時間までは一時間ほどあるし、もう少し寝かせてあげてもいいだろう。

俺のベッドで布団をかぶって気持ちよさそうに寝ている朝凪を横目に、アラームをセットした俺も、クッションを枕に少しだけ床で仮眠をとることに。

とても居心地のいい、だらだらとした夜のちょっとしたひと時を、あともうちょっとだけ過ごしたい。

それが、今回は仇《あだ》になってしまった。

――起きて、真樹。起きなさい。

「んあ……？」

気持ちのいい微睡《まどろ》みを過ごしていたところ、ぼーっとした頭の中で誰かの声が響く。

アラームはまだ鳴っていないので、そんなに時間は経《た》っていないはずだが。もしかして朝凪が先に起きたのだろうか。であれば、玄関まで見送りぐらいはしないと――。

「──真樹、真樹。こら、早く起きろって言ってんの」

「ん……ごめん朝凪……俺もちょっと眠くなっちゃって……」

「──ふうん、そこの女の子、朝凪さんっていうんだ」

「……え？」

その瞬間、嫌な予感が全身を走り抜ける。やばい。これは、まさか……。

寝返りを打つと、そこには、依然横になってすやすやと寝息を立てる朝凪がいて。

にもかかわらず、俺のことを呼んだということは──。

そのままゆっくりと、正面に視線を戻すと。

「仕事が久しぶりに早く終わったから帰ってみれば……まさか、アンタが部屋に女の子を連れ込んでるなんてね。説明、してくれるわよね？」

「母さん……は、はい……」

腕組みで俺のことを見下ろしていたのは、本来は仕事で帰ってこないはずの母親だった。

油断していた俺が悪いのだが、まさか天海さんより先に親にバレるのは想定外だった。

「ごめん、朝凪。時間になったら起こそうと思ってたんだけど」

「いや〜……思いっきり寝ちゃってたね、私たち。前原のおばさんに起こされなかったら、多分朝までぐっすりだったかも」

よほど心地よく眠っていたのか、母さんに起こされた時、時刻はすでに夜の〇時を過ぎていた。

朝凪の家には門限は特になく、遅くなるかもということはいつも事前に連絡を入れているそうだが、さすがにこの時間はダメすぎる。

……やってしまった。

「――ええ、はい。二人で漫画を読んでいたみたいで、そのままぐっすり……はい、はい。もう、本当にうちの子が……あ～いえいえそんな……悪いのは娘さんじゃなくて、完全にウチのバカ息子ですから――」

俺と朝凪がリビングで並んで正座している中、母さんが朝凪の親御さんへと連絡をとっている。様子を見るに、完全に平謝りである。

ということで、母さんにも、そして朝凪のご両親にも、週末に遊んでいる『友達』が、同じクラスの女の子であることがバレてしまった。

母さんにはいつか機会があれば紹介しようと思っていたが、まさかこんな最悪に近い形になるとは。

「お待たせ、海ちゃん。一応、あなたのお母さんから許可いただいたから。もう遅いし、今日は家《うち》に泊まっていきなさいね」

「え？　で、でもそれはさすがにご迷惑じゃ……それに、その、まえは……いえ、真樹君だっているし」

ひとまず今日はこのままお泊りになるようだが、いくら友達といっても、俺は男で、朝凪は女の子なのだ。そこは、当然気にしなければならないところ。

「いいのよ。ここから歩いて二、三十分って言っても、女の子一人で夜道を歩かせるのは危ないし、ウチの息子じゃ頼りないからね。……もちろん真樹には海ちゃんに指一本触れさせないから、そこだけは絶対に安心して」

「そんなことするわけ……ってか、部屋で寝てた時もベッドと床で離れてたし」

「あら、そんなこと言って、本当は海ちゃんの寝顔をこっそりのぞいてほっぺをつんつん触ってたんじゃないの？」

「っ……んなわけないだろ。朝凪とはそんな関係じゃないし……ってか、ちょっとは自分の子供のことを信用しろって」

「信用してこのザマなんですけど？」

「……すいませんでした」

俺は素直に母さんに頭を下げる。

あと、朝凪については、寝顔をのぞいて可愛《かわい》いとは一瞬思ったけれど、どこにも触れていないし、やましい気持ちなんてこれっぽっちもない。……そのはずだ。

「それにしても、まさかアンタがこんな可愛い女の子と仲良くなってたなんてね。毎日毎日一人でゲームとかばっかで、そんな素振り一切見せなかったのに。真樹、アンタ、いつから海ちゃんのこと連れ込んでたの？」

「言い方……えっと、ここで遊んでたのはひと月半くらい前、から」

正確には連れ込んでいるのとはちょっと違う気もするが、今のところはすべての罪を俺がかぶっておくことに。

「なるほどね。徹夜明けで仕事から帰ってきた時、やたらお部屋の消臭剤の匂いがするなって思ってたんだけど……まさか、そんな理由があったとはねえ」

出前の料理の匂いがキツイだろうからと適当な理由をでっち上げていたのだが、本当の理由としては、朝凪がいた痕跡を消すためもあった。

香水なのかその他化粧品のものかわからないが、朝凪が帰った後、リビングには、普段は絶対にすることのない甘い匂いが微《かす》かにする。母さんは匂いに敏感なので、なるべく気づかれないよう誤魔化《ごまか》していたのだ。

結局、俺の不注意一つで、それも水泡に帰してしまったが。

「とにかく、ちゃんと許可はとったわけだから、海ちゃんは今日のところはウチに泊まって、明日の朝になったらお家に戻って、改めてお母さんに謝ること。いい？」

「朝凪、ここは母さんのことを信じてくれないか？　俺も、お前がいる間は母さんの言う通りに動くから」

そして、もし許可がもらえるのなら、朝凪の家に直接出向いて謝ることにしよう。

「えと……本当になにもしないよね？」

「するわけないだろ。俺のことなんだと思ってるんだ」

「ま、そうだよね。前原にそんな度胸あったら、そもそも私たち友達になってたかどうかすら怪しかったわけだし……うん」

少しだけ迷ったようだが、朝凪もなんとか納得してくれたようで、首を縦に振ってくれた。

「わかりました。じゃあ、今日のところはお世話になります」

「うん、よろしくね海ちゃん。じゃあ、制服が皺《しわ》になっちゃうといけないから、私の寝間着に着替えて。あ、その前にお風呂に入らなきゃね。上がったら、女同士で色々お話しましょ。……真樹、アンタは自分の部屋に戻ってなさい」

「わかってるよ、もう」

怒っている割には、随分と朝凪に甘い。というか、仕事帰りとは思えないぐらい今の母さんはテンションが高い。

まあ、今まで友達を家に呼んで遊ぶなんてことは一切なかったし、呼ばれることもなかったわけだから、母親なりに嬉《うれ》しいのだろう。

もちろん、朝凪が美人だからというのもあるだろうが。

「俺は言われた通り部屋に戻るけど、朝凪はどこで寝るの？　ソファはあるけど、まさかお客さんをそんな扱いにはできないし」

うちは来客用の布団も客間もないので、寝る場所といったらリビングぐらいしかない。

「え？　私は別にソファでも……」

「ダメよ、海ちゃん。ソファだと体が固くなっちゃうし、寝つきも悪いから」

「でも、それだと……」

朝凪が俺のほうをちらりと見る。

ウチのベッドは俺の部屋と母さんの部屋の二つ。母さんは自分の部屋で寝るだろうから、そうなると残りは——。

「わかった。今日は俺がソファで寝るから、朝凪は俺のベッド使って。お風呂から上がったら、場所を交換しよう」

「え？　でも、それじゃ前原が……」

「俺は床でも熟睡できる人だから、多分ソファでも楽勝だよ。俺の家とはいえ、朝凪だってできることならぐっすり寝たいだろ？」

「それはそうだけど……でも、本当にいいの？」

「ああ。布団は最近干したばかりだから、そこまで汚くもないし」

というか、俺の布団をかぶってあんなに気持ちよさそうに寝ている顔を見たら、譲らざるを得ない。

「真樹もそう言っていることだし、遠慮せずに。ね、海ちゃん？」

「……わかりました。では、そういうことで」

こうして今日に限り、俺と朝凪の週末はもう少し続くことに。

朝凪がお風呂に入るということで、母さんによってすぐに自室へと追いやられた俺は、ベッドの上で膝を抱えて座り、ぼんやりとしていた。

「まさか朝凪が俺の部屋にお泊りなんて……」

友達同士でどこかの家に集まって夜通し遊んだり話したりするというのは不思議なことではないが、それはあくまで男同士、女同士での話。男女の場合、それがたとえ恋人同士であったとしても敬遠すべきだろう。高一の子供ならなおさらだ。

今の俺はというと、自室のドアを閉めた上にヘッドホンで音楽を聴いている防音仕様なので、外の様子はわからない。

俺も風呂に入りたかったが、それについても母さんから禁止を言い渡された。母さんは『後から入って海ちゃんの残り湯を――』とほざいていたが、俺がそんなことをするとでも思っているのだろうか。

「朝凪の……」

ほわん、と湯煙の向こうにいる朝凪の姿が脳裏に――。

「……いやいや、アホか俺は」

おかしな想像をすぐにかき消し、ヘッドホンの音量をさらに上げる。

最近テレビで話題になったらしい、恋愛ドラマの曲。良く聞いているロックバンドの曲だが、最近は、恋とか友情などをテーマにしたものが多く、昔のように鬼リピすることは少なくなってきた。

……ぼっちに恋だ絆《きずな》だと言われても、俺にはよくわからない。

「朝凪は友達、のはずなんだけどなあ……」

音楽のリズムに身を委ね、今一番好きなコミックを読んでいても、やはり頭に浮かぶのは初めてできた友達のこと。

一緒にゲームをして、どう考えても健康に悪そうなジャンクフードを食べ、バカみたいな冗談を言い合って——コミュニケーション不全の俺と仲良くなってくれた女の子。

朝凪のことはもちろん『友達』だと思っているし、できればこれからも良好な関係を築いていきたい。朝凪もそう思ってくれていたらいいな、とも。

だが、普段は意識せずとも、今回のようなことがあると否応《いやおう》なく気づかされてしまう。

朝凪海は、女の子なのだ。

成績優秀で、品行方正で、天海さんと同様に目立つ容姿をしている『クラスで2番目に可愛い女の子』。

そんな子が、今、俺の家の風呂に入っていて、これから寝間着に着替えて、俺の部屋で、俺のベッドで寝ようとしている——。

「……あれ？」

そう考えると、どんどん心臓の鼓動が速くなってくる。

さっき寝顔をのぞいた時は、毛ほども動揺することなんてなかったはずなのに。

(朝凪だぞ？　確かに美人だとは思うけど、表向きには猫かぶってて、本当は口を半開きにしてオッサンみたいないびきをかいて涎《よだれ》垂らすようなヤツだぞ？)

にもかかわらず、どうして俺は、朝凪の『女の子』を感じさせる場面ばかり思い出して、一人でこんなにも動揺して——。

「——わっ」

「おわあっ⁉」

と、耳元でささやかれた声に、俺は飛び上がらんばかりの勢いで驚く。

横を見ると、俺の情けない姿を見て笑いをこらえている朝凪が。

「あははっ、もう、ちょっとおどかしただけなのに、なにそんな驚いてんの。今の前原、百均のおもちゃのカエルみたいに勢いよく飛び跳ねてたよ」

「あ、朝凪……ノックぐらいしろよ」

「む、したよ、何回も。前原がヘッドホンで爆音流してるからダメなんじゃん」

いつもならヘッドホンをしていてもわかるのだが、色々な思考がぐるぐるとしていたせいで、そこまで気が回らなかったらしい。

「あ、そだ。寝間着だけど、おばさんのやつがちょっとサイズ合わなかったから、前原のスウェット借りちゃった。ごめんね」

「あ、まあ、別にいいけど……色違いで同じようなの何着もあるし」

「そ、よかった。これ、もこもこしてあったかくていいね。私も今度買おっかな」

朝凪が着替えたのは、ネイビーのスウェットの上下だ。サイズも大きめかつゆったり着ることができるため、休日の俺はこの格好で過ごすことがほとんどだ。

サイズが合わないと朝凪は言うが、母さんと俺の身長はそう変わらないはず……まあ、その点は深く訊《き》かないことにしよう。

今はダボダボのスウェットを着ているからわかりづらいが……朝凪は、胸のほうもそれなりに大きい。

……また余計なことを考えている。

「と、とにかく俺はリビングで寝るから。ベッドは好きなように使ってもらって――」

「あ、ちょい待ち」

「ぐえっ」

せっかく気を利かせて俺が部屋から退散しようとしたのに、朝凪の手が俺の後ろ襟を摑《つか》んでそれを防ぐ。

「な、なに」

「いや、さっきまで寝てた上にお風呂入って完全に目が冴《さ》えちゃって。……ちょっとだけ話そうよ」

「……俺、母さんからお前と一緒の空間になるべくいないよう言われてるんだけど」

「ちょっとぐらいなら平気だよ。それに、もし前原が私のこと襲ったらちゃんと大声出すし」

「襲わないよ」

母さんは有言実行の人だから、もし冗談でも朝凪に大声を出されたらお仕置きどころの話じゃない。

「ほーらー、前原ここ。隣に座ってもいいから」

「ここ元々俺のベッド……」

「今だけは私のベッドなの。……ほら、おいで」

犬を呼ぶみたいに自分の横をポンポンと叩《たた》く朝凪。

「人が気を遣ってるのも知らないで……もう」

まあ、大声を出されても困るので座るしかない。

母さんに気づかれないか心配だが、朝凪と入れ替わりでお風呂に入っているらしいので、

十分か十五分なら大丈夫か。

肩が微妙に触れ合う距離感で、俺は朝凪の隣に腰を下ろした。

「はあ……まさか、前原の家にお泊りすることになるなんてね。こんな可愛《かわい》い女の子を連れ込んで、前原はなんて悪い男なんだ」

「元はと言えば朝凪が爆睡するからだろ。寝ちゃった俺も悪いけどさ」

「一理ある。まあ、女の子のくせに無防備すぎたよね。そこは反省」

あはは、と苦笑する朝凪からふわりと柑橘《かんきつ》系の匂いが漂ってくる。俺も同じシャンプーを使っているはずだが、こんなふうになったことはない。

「ねえ、前原」

「うん」

「私たち、悪い子だね」

「……うん」

不良も不良である。もし、この話が何かのはずみでクラスに漏れでもしたら朝凪のイメージダウンは避けられないだろう。

もちろん、天海さんも朝凪に対して大きく失望するはずだ。

「なあ朝凪、ずっと考えてたことなんだけど……」

「……夕にこの関係を打ち明けようって？」

「うん。もしかして、朝凪も考えてた？」

「お風呂の時に、ちょっとね。まあ、いい加減限界だよね」

今回の件で痛感したが、たとえ気を付けていても天海さんにはきっとどこかでバレてしまうだろう。天海さんだって、いくらなんでもそこまで能天気ではないはずだ。

バレて謝る前に、こちらから謝ったほうがまだダメージは少ない。この関係を秘密にしようと提案したのは俺だし、そうすれば多少関係が悪くなっても、すぐに仲直りできるはずだ。

「夕には近いうちにタイミング見て話してみるから、前原はいつも通りにしてて」

「わかった。じゃあ、任せるよ」

天海さんとは週明けの水曜日に遊ぶ約束をしているから、その時にでも謝れるよう準備しておこう。

もし、それで天海さんに嫌われて、クラス中にこのことを言いふらされても、それは自分で蒔《ま》いた種だ。受け入れるしかない。

「よし、この話はこれで終わり。……で、後は何話そっか？　せっかくの機会だし、やっぱりここは定番のコイバ……あっ」

「……ふうん」

こいつ、今絶対わざと話を振った。俺の引き出しにそんなもの入っているわけがない。

引き出しにあるのは、まだ真新しい朝凪との思い出だけだ。

「ったく……そろそろ母さんも上がるだろうし、俺はもう寝るよ」

「もう、付き合いの悪いヤツ。んじゃ、今日はこのへんにしておいてあげよう」

「はいはいどうも」

やっぱり朝凪は朝凪だ。俺に対してまったく遠慮のない、しかし、気の置けない友達。

少し前に悶々《もんもん》としていたのは、きっと何かの勘違いだろう。

「あ、そうだ。ねえ、前原。最後に一個いい？」

「……なに？」

「前原、おやすみ。……へへ、改めて言うと、なんかこういうのこそばゆいね」

「っ……お、おやすみ」

朝凪と別れた俺は、即座に今日の寝床であるリビングのソファに飛び込み、芋虫のように毛布にくるまって目をつぶる。

（ちょっとだけ、ちょっとだけだけど、めっちゃ可愛いかもって思ってしまった……）

浮かんできたのは、先程見たばかりの、朝凪の恥ずかしそうにはにかむ表情。

「……あいつも、あんな顔できるんだな」

朝凪のせいで、今日の夜はもうしばらく眠れそうにない。

結局その夜は妙にドキドキして寝付けなかった俺だが、だからといって次の予定は待ってはくれない。

翌日の土曜日の早朝。俺は今、朝凪と一緒に彼女の家へと向かっていた。

「ごめんね、前原。お母さんがどうしても会いたいって聞かなくて」

「いや、こういうのは早いほうがいいし、俺もいつかは行かなきゃって思ってたから」

朝凪の話によると、早朝、これから帰ることを伝えると、

『ついでに男の子のほうともお話したいから、一緒に連れてきて』

と言われてしまったらしい。つまり、今回の俺の訪問は、朝凪家からのご指名なのだ。

……正直なところ、ちょっとだけ怖い。

「――ほい、着いたよ。ここがウチ」

「……おお」

普段は歩かない道を行き、踏切を一本越えたすぐのところに、朝凪の自宅はあった。

普通の一般家庭だと朝凪が言っていたとおり、外見は普通の一軒家だ。住宅街にある二階建ての木造で、広い庭の一角には家庭菜園があり、瑞々《みずみず》しいプチトマトが真っ赤な果実をつけている。おそらく朝凪のお母さんがやっているのだろう。

玄関のインターホンを押してしばらく待つと、スリッパのぱたぱたという足音とともに、朝凪のお母さんがひょっこりと顔を出した。

「……た、ただいま帰りました」

「おかえり、海。……それから、いらっしゃい前原君」

「は、初めまして。前原真樹です」

「ご丁寧にどうも。私は朝凪空《そら》、不本意ながら、そこの不良娘の母親です」

うふふ、と穏やかに笑っているが、朝凪がいつか見せてくれたのと同じに、目は全然笑っていない。高校生の娘がいるとは思えないほど綺麗《きれい》だし、穏やかな雰囲気を纏《まと》っているが。

……うん、この人には絶対逆らってはダメだ。俺の本能がそう言っている。

「まさか、娘の人生初めての朝帰りが、夕ちゃんとじゃなくて、クラスメイトの男の子とだなんて……前原君のお母さんから電話が来た時はびっくりしちゃったわよ」

「あの……本当にすいません。起こすつもりだったんですが、俺のほうも疲れてたのか、そのままぐっすり……」

「あら、前原君は悪くないのよ？　悪いのは、ぜーんぶ……男の子のお部屋でぐうすかと無防備に眠りこけちゃったうちの娘なんですから。ね？　海？」

「もう、それはだから昨日からごめんって……こんなところでお説教とか、他の家に聞こえたら恥ずかしいじゃん」

「昨日謝ったから許されるって問題じゃないの。今回は真樹君と真咲《まさき》さんがとってもいい人だったからよかったけど、もし、そうじゃなかったらどうするつもりだったの？」

「そ、それは……」

そう。だからこそ空さんはこうして今も叱っているのだ。

あまりにも正論すぎて、俺も朝凪も何も言い返せない。

今まで門限がなかったのは、朝凪がこれまでずっと真面目な付き合いを心がけていたからだ。だからこそ空さんも娘のことを信頼していたわけで。

今回のことは、その信頼を台無しにしかねないほどのことである。

昨日はたまたま母さんが帰ってきてくれたから何事もなく済んだが、もし、あのまま二人起きずに朝を迎えでもしたら、間違いなくちょっとした騒ぎになっていただろう。

何事もなかったから良かった、で済ませてはいけないことなのだ。

「ねえ海、私は別に遊ぶなって言ってるわけじゃないのよ？　ただ、ちゃんとやるべきことをやって、心配をかけさせないこと。わかった？」

「……うん。ごめんなさい、お母さん。次からは絶対に気を付けます」

「……俺も気を付けます」

俺と朝凪、そろって空さんに頭を下げた。

今回ばかりはさすがに猛省しなければならない。俺たちはまだ高校生の子供なのだから、節度を守って行動しないと。

「よろしい。実はまだまだ言い足りないけど、それは家の中に入ってからね。……さ、前原君もどうぞ」

「は、はい。お邪魔します」

来客用のスリッパに履き替えて、俺は朝凪家のリビングへ。

ちょうど空さんも朝食の前だったようで、テーブルにはトーストやヨーグルト、それに色とりどりの果物が並べられていた。

「海、朝ご飯どうする？　一応、前原君の分も用意してるけど」

「前原の家で食べてきたから……じゃあ、果物だけもらおっかな。前原はどうする？」

「じゃあ、俺もそれで」

空さんに案内されるまま、俺はリビングの椅子へ。ちょうど空さんと向かい合う位置で、その隣に朝凪が座った。

「……あれ？　アニキは？」

「陸《りく》は夜遅くまで何かやってたから、まだ寝てるはずよ。……お客さんが来ることは伝えてるから、多分降りてこないと思う」

「あ～……まあ、仕方ないね」

朝凪家はご両親、朝凪、そして朝凪のお兄さんの陸さんの四人家族。お父さんは今日は仕事らしい。

一応、お兄さんにも挨拶しなければと思っていたが、それはまた機会があれば。

「あ、お母さん。夕の家には、今日のこと……」

「天海さんの家には関係ないことだから、心配しなくてもしてないわよ。まあ、真咲さんからの電話があと三十分遅かったら連絡してたかもだけど」

そういう意味でも間一髪だったらしい。改めて母さんに感謝しておかなければ。

「ねえ、それより前原君。ウチの海とはどんなふうにして仲良くなったのかしら？　海に訊《き》いてるんだけど、『お母さんには関係ないじゃん』って、話してくれなくて」

「ちょ、お母さんっ……！　ま、前原も、言う必要ないからね」

「ほら、こんな感じでね。せっかく娘が家に連れてきた初めてのボーイフレンドなんだから、そういう馴《な》れ初《そ》め的なの、おばさんとしては興味津々じゃない？」

「え？　初めて……なんですか？」

天海さんは頻繁に来ているだろうが、異性としては、どうやら俺が初めての男の友達ということらしい。

朝凪は中学まで女子校なので当然かもしれないが、改めて『初めて』と言われると変な気分になってしまう。

「そっ……その話も関係ないんだからいいでしょ。ほら、前原もそんなおしゃべりおばさんの相手なんかしなくていいから。ほら、桃食べな桃。甘くておいしいから」

「あら、不器用なくせに自分でむいてあげるなんて優しいじゃない？　最近はあんまり家に友達連れてこないから心配してたけど、海も意外と隅に置けないわね。このこの～」

「だっ、誰がそうさせてんの！　もう、お母さんのバカ！」

「前原君、海のこと、これからもよろしくね。こんな子だけど、根は凄《すご》く素直でいい子だから。あ、もし良ければ今度はこっちにお泊りする？　それなら私が見てあげられるから安心だし……うん、いいアイデアだわこれ」

「あー、あー、もう黙って！　前原、私が許可するからお母さんの口縫い付けちゃって！」

「そ、そこまではさすがに……」

朝から随分と賑《にぎ》やかだが、普段一人で食事をすることがほとんどなので、こういう雰囲気も悪くないと思う。

その後、話を聞きたがる空さんと秘密主義の朝凪の間に板挟みになって苦労しつつも、その空気感を意外に楽しんでいる俺がいた。

お泊りの件については、朝凪家への訪問を含めて特に何事もなく穏便に終わったわけだが、その翌週から、俺と朝凪のほうには微妙な変化があった。

「おはよう、海！」

「相変わらず今日二回目だけど、まあ、おはよ、夕。なに？　どしたの？　今日はすごい嬉《うれ》しそうじゃん」

「え〜？　なにって、そんなのわかってるくせに〜。アレだよアレ」

天海さんがこっそりと俺のほうへウインクしてきた。本日は水曜日——そう、事前に約束していた通り、天海さんを俺の家に招く日となっている。

事件の後すぐの週だったので、本音を言えば一週ほど予定をずらして欲しかったが、天海さんにそんなことを言えるはずもなく、結局は予定通りに。

そして、この件は母さんへの報告も余儀なくされた。朝凪との件があってから、女の子を家に招く時は必ず母さんにも話すよう約束させられたのだ。

当然、これから朝凪と遊ぶ時も同様である。

母さんにそのことを伝えた時の様子は、今でも鮮明に思い出すことができる。

あの人、リアルで椅子から転げ落ちたのだ。

『う、海ちゃんだけでは飽き足らずその親友の女の子まで……ああ、息子が、引っ込み思案のあの息子が、いつの間にかハーレム主人公みたいに……！』

実の息子に対して、いったいどんな言い草だろうと思う。天海さんも朝凪もただのクラスメイトでただの友達だと説明したのに、母さんは執拗《しつよう》に天海さんのことも紹介しろとうるさく言ってくるのだ。

「え？　なになに？　夕ちん、また朝凪とどっか行くの？　私も混ぜてよ」

「ニナちには悪いけど、今回はごめんね。今日は海と一緒に二人で遊ぶ予定だから。ね？」

「まあ、そういうこと。新奈、ちなみに後つけたらどうなるかわかってるよね？」

「あ、はい」

前回の件で朝凪に絞られたようで、新田さんもさすがに素直である。

『（前原）新田さん、大丈夫そうかな？』

『（朝凪）わかんないけど、そこは昼に追加で釘刺《くぎさ》しとくわ』

『（前原）了解。じゃあ、また放課後に』

『（朝凪）ん、了解。あ、そうだ。私も前原の手作りお菓子、楽しみにしてるから』

『（前原）別に大したことないんだけど……』

『（朝凪）なに？家事力低めの私と夕に喧嘩《けんか》売ってんの？』

『（前原）あ、そうだったわ』

『（朝凪）このヤロ』

いつものようにこっそりとやりとりして、俺は朝凪のほうを見る。いつもなら、皆にバレないようこっそりと手を振ったりなど、なんらかの反応を返してくれるのだが、

「…………っ」

今週に入ってから、目が合ってもそっぽを向かれることが多くなった。たまに移動教室などで距離が近くなったりするのだが、その時も同様で、会釈すらしてくれない。

スマホの中ではいつも通りなので、嫌われているわけではないと思うのだが。

放課後、真っ先に帰宅した俺が、材料の下ごしらえをしていると、朝凪が天海さんを伴って部屋を訪れた。

「へへ、今日はよろしくね。真樹君」

「う、うん、よろしく。……あと朝凪さんも」

「あ、うん。今日の私はこの子のお守りなんで、まあ、お構いなく」

人前での朝凪とのやり取りだが、どうするのが正解なのか、未《いま》だ判断に迷う。

今日は特に天海さんがゲストということもあり、余計ギクシャクするというか。

仲が良いのにそうでないふうに装うのは、なんだか気持ち悪い。

「もう、海も真樹君も固すぎ。特に海、せっかく友達になったんだから、もっといつものように話して」

「え、いや、友達になったのは夕だけで、私はどっちかというと友達の友達——」

「友達の友達だからこそ、仲良くならなきゃ。はい、二人とも握手握手。仲良しの印」

「「……」」

手を握る程度のスキンシップなら今まで何度かあったし、朝凪からは頭を撫《な》でられたりもしている仲なのだが——なぜだろう、この妙に緊張する感じは。

俺と朝凪が、それぞれの手を見つめる。

「はい、二人とも、よろしくお願いしますって」

「……えっと、ウチの姫がそう言ってるんで、とりあえず」

「そ、そうだね」

そう言って、俺は朝凪の右手を軽く握った。

相変わらず、なめらかで絹みたいな感触の手である。美容に関しては空さんがものすごく熱心で、朝凪もその真似《まね》をしていたら自然とこんな感じになったそうだ。

対して俺のほうは、日々の家事によって若いわりに皮膚が荒れ気味でガサガサだから、触れるとそのあまりの違いに驚く。

「……っと、俺は調理するから、二人は座ってテレビでも見て待ってて」

「本当は手伝いたいところだけど、私も海も戦力外なので……むう、やむなし」

「隣に同じ。ここは前原君の言う通り大人しくしておこうか」

天海さんのことは朝凪に任せて、俺は料理に取り掛かることに。

といっても、別に大層なものではない。先日に昼食を一緒した際に話したとおり、『卵とバナナだけで作るスフレパンケーキ』である。

作り方は難しくなく、まず卵を黄身と白身にわけ、白身がふんわりと泡のようになるまでかき混ぜてメレンゲを作り、それにバナナをペースト状にすりつぶしたものと黄身を混ぜたものを合わせて、あとはフライパンで焼くだけ。

もちろん、メレンゲとバナナを合わせる際にあまり混ぜすぎないようにするなど、生地を作る際に多少コツが必要な部分もあるが、回数をこなせば自然と感覚も摑《つか》めるようになる。

「よし、後は焼き上がりを待つだけ……あれ？　二人ともなにしてるの？」

焼き上がりに合わせてコーヒーの準備をしているところ、なにやら二人がガチャガチャとやっていた。

「あ、ごめん。ちょっとゲーム借りちゃってて……あ、ちょっと海、いきなりは卑怯《ひきょう》だって」

「あ〜、殺し合いに卑怯もクソもありませんからね〜戦場ではよそ見した奴《やつ》から屠《ほふ》られるワケでね〜そこらへん理解してもらわんとね〜」

どうやら二人して俺のゲームに興じていたらしい。やっているのは、いつも俺と朝凪がやっている対戦型のゲームだ。

というか、朝凪のヤツ、天海さんが初心者なのを知っているくせに容赦がない。

俺もゲーム内では朝凪のことをけちょんけちょんにしているので人のことは言えないが、まあ、大人げない。

「ちょっ、海、上手《うま》くない？　なんでそんなバンバン当てられるの？」

「最近兄貴の部屋にあるのを借りたりしてるからね。……っしゃ、これで私の勝ち。ささ、そろそろお菓子できたみたいだから、冷めないうちにいただこうよ」

「海ぃ～……？」

「はは……ま、まあ、ちょっとぐらいなら食べた後やってもいいし。もし良ければやり方教えるけど」

「本当？　じゃあ、よろしくお願いします、師匠っ」

「ししょ……こ、こちらこそよろしくお願いします……」

こういうのには興味がないだろうと思っていたが、プレイ中の表情を見ている感じだと、なんだか天海さんもハマりそうな兆しがあるような。

お菓子を食べた後そのままゲームで遊ぶとなると――時間については十分気を付けるつもりだが、一応、母さんにもちょっとだけ長めに遊ぶからと報告しておいたほうがいいかもしれない。

ゲームはいったん休憩にし、出来立てのうちにパンケーキを食べてもらうことに。

普段はもっと適当だが、天海さんや朝凪に食べてもらうということで出来のほうは今までで一番だと思う。出来立てのふわふわ。卵白をいつもより頑張って泡立てた甲斐《かい》があったというものだ。

三等分に取り分け、まずは二人に食べてもらう。

「ふわっ……なにこれふわふわ……ちょっと甘さ控えめだけど、その分バナナ食べてるって感じするし。海、これヤバいよね？」

「……うん、これはおいしい」

「これ、カロリーは普通の材料で作ったヤツの３分の１ぐらいだから、その分バターとかシロップとかたっぷり使っても罪悪感は少ないし……追加できるけど、二人はどうする？」

「いる〜！」

「……私も」

どうやら気に入ってくれたようだ。朝凪はむむー、と唸《うな》りながら。

天海さんは幸せそうな笑顔で。

人に食べてもらうと、こんなふうに違った反応が返ってくるのは、作った人間としては悪くないものだ。

「真樹君、あの……もうなくなっちゃったんだけど……えへへ〜」

おずおずと言った天海さんのパンケーキは、すでに綺麗《きれい》さっぱりなくなっている。

「いつもより材料多めに用意したからまだ作れるけど、おかわりいる？」

「いいの？　じゃあ、お願い！」

「朝凪さんは？」

「……もらう」

そして朝凪の皿も、もちろん真っ白だった。

「わかった。二人ともね」

「あ、真樹君。せっかくだし、隣で見せてもらっていい？　私も今度家で作ってみたいから」

「夕、素直におばさんに作ってもらえるようお願いすれば？　私たちがやったら黒い円盤になっちゃうよ」

「む〜、ちゃんと教えてもらえればできるもん。ね、真樹君もそう思うよね？」

「まあ、ある程度時間とか測ったり、ひっくり返す時のサインとか見逃さなければ」

「……じゃ、私も見学する」

ということで、今度は天海さんと朝凪に挟まれる形で作ることに。

「焦げ付き防止のクッキングシートを敷いたフライパンに生地を流したら、まずは蓋をして五分ぐらいそのまま加熱……で、その後は、生地の膨らみ具合を見て判断する感じかな。生地に生っぽさがなくなってふわふわしたら合図だから、あとは半分に折り返す感じ」

「おお〜、本当だ。簡単だね」

「作り方はネットでレシピ探せば色々載ってるから、わからない時はそこを参考にしてもいいかな。あと、基本的にお菓子は分量通り時間通りにやれば、多少黒焦げにはなっても、その……」

「……なに？　ダークマターとか木炭って言いたいならそう言ってくれてもいいんだよ？」

「いや、そういうわけでは……いっ！」

天海さんの位置から見えないのをいいことに、朝凪が俺の横腹をぎゅっとつねってくる。痛くすると天海さんにバレるので手加減はしているようだが、別に馬鹿にするつもりで言ったわけではないので許してほしい。

おかわり分もしっかりと三人で平らげた後は、再びゲームのほうへ。

「へへ、見てなさい海。真樹君の教えを受けて、今度こそ一泡吹かせてやるんだから」

「はっ、そんな見た目重視のアバターと武器で何ができる。その可愛《かわい》いお顔を、自慢の重武装でぶっ飛ばしてやるわ」

キャラメイクや装備は自由に選べるモードだが、天海さんは完全に可愛い見た目のキャラや装備で、一方の朝凪はガンガン攻撃し、守備は二の次タイプ。

プレイの経験値に、キャラによるステータスの優劣の差もあるから、それを埋めるためにはプレイングスキルを上げるしかない。

「そうだな……まず基本は敵が見えてもあわてないで、闇雲に弾を乱射しないでしっかり狙いをつけること。高所とか遮蔽物とか、いつも自分が有利に戦えるような場所で戦うこと……他にもいっぱいあるけど、まずはそこからだね」

「うん」

朝凪との対戦を続けつつ、天海さんの隣でちょっとずつアドバイスしていく。

するとその成果はすぐに出た。

「基本に忠実に……じっくり狙って……それっ」

「あっ」

「お、やたっ、初めて海から1キルとれた！」

俺のアドバイスから十分ほどでコツを掴んだのか、天海さんはそれまでいいようにやられていた朝凪から初めての勝利をもぎ取った。

朝凪も家で練習したり週末は俺と遊んだりでプレイ自体は上手《うま》くなっているのだが。

先ほど見せた天海さんの鮮やかなプレイングは、ほんの一瞬だったが、俺が普段やっている以上のものだった気がする。

この手のゲームは全くと言っていいほどやらないそうだが、単純に器用にこなすセンスがあるのかもしれない。

「ふっ……い、今のはちょっと油断してただけだし？　ほ、本気じゃないし」

「へへ～ん、そう、なら次は本気の海をやっつけちゃうもんね！」

その後はアドバイスすることもなくなり、あとは二人の対戦を見守ることに。

「こんのちょこまかとおっ……」

「ほれほれ、こっちだよ海ちゃん。捕まえてごらん～！」

「こ、こいつマジっ……！」

親友同士の戦いは思いのほか白熱したが、そこから一時間ほど対戦したところで、時間切れとなった。

二人はまだまだやり足りない様子だったが、延長しすぎて遅くなるわけにもいかない。特に俺は数日前にやらかしたばかりなので、そこは絶対注意だ。

「むう、結局あの後三回しか勝てなかったな……何気に悔しい」

「そこそこやってる私に勝てること自体、わりとびっくりなんだけど」

朝凪が言う通り、こういうプレイングスキルが要求されるゲームは、特に慣れない初心者は勝ちにくいようになっている。

俺のアドバイスがあったとはいえ、コントローラーなど今まで数えるほどしか握ったことのない天海さんが朝凪から勝利を奪ったのは、わりとすごいことだ。

「それじゃね、真樹君。また今度一緒に遊ぼうね」

「ああ、うん。また今度ね」

できればこれっきりにして欲しいが、この感じだと次もありそうな気もする。

「海、どうしたの？　早く行こうよ」

「あ～……ごめん、私ちょっと忘れ物。すぐ追い付くから、夕は先行ってて？」

「え？　忘れ物なら私も探す……」

「大丈夫大丈夫。置き場所は覚えてるから。そら、もう靴履いてるんだし行った行った」

「そう？　ならいいけど……じゃあ先行ってるね」

半ば追い出すような形で、朝凪が天海さんを玄関から外へ押し出した。

「……お疲れ、朝凪」

「前原もね」

こうして、この日初めて俺と朝凪の二人きりに。

「……ほんと、参っちゃうよ。あの子、なんでもできちゃうんだから」

「ゲームのこと？　確かに器用だとは思ったけど、あのぐらいだったら、別にやろうと思えばどうってこと――」

「どうってことないんだよ。今日はあれで済んだけど、これから二回、三回ってやる度、夕はどんどん上手くなっちゃうんだ。なんでもかんでも、自分が好きと思ったものはあっという間にどんどん吸収してさ、いつの間にか……」

「……朝凪？」

「……あ～、ごめん、なんか愚痴みたくなっちゃったね。まあ、あんな感じでセンスの塊みたいな子だからさ、たまにはこういう感情になる時もあるわけよ」

「ああ……それは、なんかわかる気がする」

世の中には大海さんのように要領のいい人がいる。勉強でも運動でも、人が何十時間もかけてようやく得た知識や技能を、あっという間に身に付けたりできるような人が。

なんでも器用にこなして、それでいて皆にも好かれて——天海さんは、それを体現したような女の子だから、朝凪にとって大好きな親友でも、いつも隣にいれば、ふとした瞬間、ほんの少し嫉妬してしまうこともあるか。

「ってことで、たまには夕の親友やってる私の苦労みたいなものもわかってくれると嬉《うれ》しいかな。……じゃあね、前原。今日も楽しかったよ」

「うん。どういたしまして」

「じゃね」

「うん。じゃあ」

それまでは明るかった朝凪だったが……去り際の一瞬、その横顔がなんだかやけに寂しそうに感じたのは、俺の気のせいだろうか。

4. ふたりの文化祭

残暑が過ぎ去り、そろそろ肌寒さも感じ始める十月の半ばごろ。

俺にとって最も苦手な学校行事の一つ——文化祭の準備が始まろうとしていた。

「え〜、皆も知ってのとおり、来月の祝日に合わせて文化祭があるわけだけど、今日はその実行委員決めをやろうと思います」

え〜、という声が教室から起こる。

祭りを楽しむのはいいが、その準備をやるのは面倒極まりない。ぼっちのおかげで祭りを楽しむことすらできない俺には猶更《なおさら》のイベントだ。

「各クラス男女一名ずつでてもらって、生徒会が中心となった会議に参加してもらうんだけど……我こそはって人〜……は、」

八木沢《やぎさわ》先生が教室全体を見渡すが、もちろん、手を挙げる人はいなかった。

「いないよね……だろうと思って、先生、すでにくじ引き箱用意してます。男子は右の箱、女子は左の箱からくじを一枚ずつ引いて『あたり』が出たら……まあ、おめでとうございますあきらめてお縄につけということで」

不満はともかく、決めなければどうしようもないので、ここは運試しになるだろう。

ウチのクラスは男子18名女子17名の計35人。ということで、18分の1を引かなければいいだけの話だ。

「じゃあ、端っこの席のほうから順に前に来て引いてね～。あ、当たりが出たら誤魔化《ごまか》さずにちゃんと申告すること」

俺の座っている席は端。よって引く順番も早い。ハズレくじが多いのは非常に有利だ。くじ引きでいうと前回の自己紹介は不運な事故だったが、二連続で貧乏くじだなんてそうそう――。


『あたり♡』


……ひどい。

「……先生、あの、当たりましたけど」

「え？　あ、はいはい。じゃあ、男子の実行委員は前原《まえはら》君に決定ね」

そんなわけで、俺の名前が早々に黒板に書き込まれた。

男子、特に運動部所属の奴《やつ》らはほっとした様子だ。まあ、委員になると部活に準備にと余計忙しくなるから、そう考えると俺みたいな帰宅部が適任なのはわかるが。

俺が犠牲になる形で男子は決定したので、後は女子。

「……来るな、来るなよ……！　よっし、ハズレ……！」

女子は九人目の人が引いたあたりだが、まだ当たりは箱の中に眠っているようだ。

ちなみに天海《あまみ》さんは引き終わっていてハズレ。朝凪《あさなぎ》は後のほうに引く感じらしい。

しかし、クラスの女子たちの顔は、さっきより、みんな微妙に真剣になっているような。

特に、俺が当たりを引き当ててから、空気が変わったというか。

（俺が引いた時点で予想はしていたけど……）

他の男子ならよかったのかもしれないが、当たりを引いた時点で、相手はぼっちの俺である。気まずくなるのは当たり前で、みんなのまとめ役＋俺の相手だから、二重に気を遣うのは確定だ。そういう意味では当たりを引いてしまって大変申し訳ない気持ちでいっぱいなわけだが……覚悟はしていたが、こう露骨だと、ほんの少しだけだが、まあ内心は凹《へこ》む。

個人的には朝凪が犠牲になってくれるとありがたいが……さて、どうなるか。

「んじゃ、次は私か……はい、ハズレ。先生、これが証拠です」

「ん。新田《にった》さんセーフ」

「ごめん、みんな。でも、言ってくれれば協力ぐらいはするから」

次の新田さんなんかはもうちょっとガッツポーズするかもと思ったが、意外にも反応はドライで、他の皆に気遣うような言葉さえ見せる。

まあ、これまでも学校行事なんかは積極的に参加してきた天海さんのグループにいるから、そういうこともあるかなと一瞬思ったが。

そうした理由は直後にわかった。

「……先生、あの」

「？　どうしたの、天海さん」

「はい。ちょっとみんなに言いたいことがあって」

なかなか当たりが出ず、もう少しで朝凪の番というところで、天海さんが手を挙げて席を立ったのだ。

普段の明るい笑顔ではない真剣な横顔が、俺の目に映る。

「――ねえ、みんなは前原君のこと、嫌い？」

天海さんからもたらされた一言によって、教室が一気に静まり返った。

席を立った時点で様子が違っていたが、その一言で確信した。

いつもクラスで明るさを振りまいていた天海さんが、クラスメイトに対して今、明確に怒っていた。

「さっきからずっと見てたけど、前原君に決まってから、誰とは言わないけど露骨に喜んだり、当たりを引くな引くなってお祈りしてたり……どうしてそんなに避けるの？　嫌がるの？　前原君はなにもしてないのに。ねえ？　なんで？」

クラス内においては、何もしてない＝得体の知れない人と考える人もいるわけで、そういう意味では俺とはできるだけコミュニケーションを避けたいと思う人は一定数いるだろう。だから、逆の立場で考えれば、凹《へこ》むは凹むが気持ちはわからなくもない。

だが、天海さんは、期間はまだ短いものの俺との付き合いがあり、一応友達でもある。

友達がヘンに蔑《ないがし》ろにされていれば誰だって気分を悪くする。

だからこそ、天海さんは怒った。

新田さん他、天海さんとよく絡む一部の人々はその空気を微妙に感じ取ったからこそ、比較的ドライな反応を見せたのだろう。

そういった空気を読むのを、俺は別に軽蔑したりはしない。ずるいとは思うが。

「先生、私、くじはハズレでしたけど、やっぱり立候補していいですか？　私、前原君と一緒にやりたいです」

「え？　そ、それは……まあ、最初は立候補で募ったわけだから、やりたい人がやったほうがいいとは思うけど……前原君は、それでいい？」

ここで嫌と言えるはずもない。

「天海さんがいいのなら、俺は別に……」

二人きりはちょっと緊張するが、なんとかやっていけないことはないだろう。

「それじゃ、立候補が出たのでペアは前原君と天海さんで決まり――」

「あ、先生。私、当たりました」

――そうなところで、残っていた当たりくじを引いた朝凪が、クシャと握りつぶして先生のほうへと見せた。

「え？　でも朝凪さん――」

「くじで当たりを引いた人がやる――それが決まりですよね？　私、別にヒマですし、やりますよ」

「海《うみ》……でも、それは私がやるって――あいでッ⁉」

ぺしん、と手刀を入れて、朝凪が言う。

「夕《ゆう》、アンタはちょっと落ち着く。前原君のこと悪く扱われて感情的になる気持ちはわかるけど、でも、今の夕はちょっとやりすぎ。……よく見て」

朝凪の指摘通りだと俺も思う。

天海さんの怒りを買うということは、天海さんを中心とした人たちにも敬遠されることを意味する。天海さんはそこまで考えて発言したわけではないだろうが、先程のように空気を読む人たちは、付き合いは避けたほうが『無難』と考えてしまう。

そして、そこからその空気がどんどんと広がり、やがて緩やかに孤立していく。

その証拠に、天海さんに注意されたと思っている女子たちの顔は青ざめていた。

朝凪に言われて、ようやく天海さんも気づいたようだ。

「あ……ご、ごめん、海。私——」

「こらこら、謝るのは私じゃなくて、皆でしょ？　はい、今ならまだ大丈夫だから」

「う～……みんな、変なこと言っちゃってすいませんでした。あと、それから前原君も、びっくりさせちゃってごめんね」

「いや、俺は気にしてないから」

しゅんとする天海さんをフォローして、俺は朝凪と互いに目配せし合い、頷《うなず》き合う。

「じゃあ、くじの結果通り、実行委員は私、朝凪海と前原真樹《まき》に決まりました。そんなわけで、みんなよろしく。——あ、それと、新奈《にな》」

「っ……な、なんでしょ？」

「会議には出なくていいけど、アンタも手伝ってね。ちゃんと言質は取ってんだから、やっぱり嫌とは言わせせんぞ？」

「う……い、イエス」

朝凪のこういうところ、本当にちゃっかりしていると思う。わりと尊敬できる。

帰りのＨＲが終わり、解散後。

時間が経《た》ち、クラスメイトたちが全員いなくなった教室で、俺は、同じく実行委員の仕事で残っていた朝凪に声をかけた。

「朝凪」

「なに？」

「朝凪って、やっぱりすごい奴だよ」

「でしょ？　もっと褒《ほ》め称《たた》えてくれていいよ？　ん？」

「調子に乗ってんなあ……まあ、今回ばかりは認めざるを得ないけど」

天海さんの怒りも上手《うま》く鎮め、さらにやらかしたクラスメイトたちのケアまで完璧。あたふたすることしかできなかった俺とは雲泥の差である。

「そ？　ありがと。でも、私なんか大したことないよ。私はただその場の空気を繕っただけ……本当にすごいのは、やっぱり夕なんだよ」

「……朝凪？」

「私は凄《すご》くないよ。普通。私はそんな器じゃない」

自嘲するように言って、朝凪は続ける。

「あやってまっすぐに、空気が悪くなるのもおかまいなしに、純粋に誰か一人のためだけに怒ってあげられる……前原だって、夕がみんなに怒った時、ちょっと心にぐっと来たでしょ？　……ああいうの、その場の空気を最優先にする私には、できっこないから」

「いや、俺は別にそんなこと思って――」

「私たちももう帰ろ。来週ぐらいから忙しくなるから、今から覚悟しておかないとね」

「あ、ああ、うん……」

その後途中まで一緒に帰ったが、ゲームや漫画など他愛《たあい》のない話に終始し、結局、それ以上のことは聞けずじまいとなってしまった。

朝凪の様子が、やっぱりおかしい。


委員決めの場面ではひやひやさせられたものの、朝凪のケアもあって雰囲気を持ち直したウチのクラスも、文化祭に向けて頑張っていくことに。

会議の結果、ウチのクラスは展示物を作成することになった。

クラス内からは文化祭では定番のおばけ屋敷だったり、メイド喫茶だったりという意見は当然出て、一度はメイド喫茶をやろうということで決まったのだが、他クラスにも同様の希望が多く出てしまったために、あまりに内容が丸かぶりするのはまずいということで変更を余儀なくされた。

出し物の変更を聞かされ、クラスメイト――特に男子たちが激しく落胆した。うちには天海さんや朝凪、新田さんなど、学年の中では容姿の整っている子が集まっているということで、いつもと違う服装（というかコスプレ……）を楽しみにしていたのだろう。

「こらこら、そこのスケベども。いつまでも凹んでないで展示物の意見を出す。もし積極的に意見を出してくれたら、当日はコスプレも考えないこともないよ──夕と新奈が」

「え～!? 私とニナちだけ？ 海は～!?」

「私は裏方だから。プロデューサーとしてアンタたち二人をダシに人気投票一位をとるっていう責務があるし。ねえ、前原君？」

「俺に振られても……」

ウチの高校の文化祭は来場者にどの出し物が一番良かったか投票してもらう催しがあり、三位以内に入ると学校から表彰される。入賞したところでせいぜいボールペンなどの記念品ぐらいしかもらえないので、個人的にはそこまで頑張る必要はないと思うが。

とりあえずコスプレ問題は後回しにして。まずは展示物の内容決めへ。

「──はい。じゃあ、展示物については、前原君が意見を出してくれた『空き缶を使ったモザイクアート』ってことで」

テレビ番組を参考にした装置や、教室全体を使ったドミノ倒しなど、色々意見は出たが、予算が比較的少なく済ませられることと、写真映えなどの総合的な判断で、ベタではあるが、俺の出した空き缶モザイクアートに決定となった。

どんな絵にするかなどの設計図はこれからだが、その手の資料は母さんに協力してもらえば参考になるものはいくらでも手に入るだろう。ダンボールや空き缶集めについては、近隣のスーパーや飲食店などに協力をお願いすればいい。

設計図は俺と朝凪の二人で作成し、俺たちの指示をもとにクラスの皆が作業していくことに決定したところで、本日の話し合いはお開きとなった。

「つ、つかれた……」

やるべきことを全て終えたところで、俺は力尽きるようにして机に突っ伏した。

くじ引きで決まった以上はやるしかないが、ちょっと人前に出るだけでこんなに疲れるとは。会議の進行は朝凪で、俺はほとんどサポートだったのだが、やはり長年のぼっちによるスタミナの損耗は思った以上に深刻だった。

「よ、お疲れ」

「お疲れ……」

「もう、最初の話し合いでそれ？　そんなんじゃ、文化祭終わったころには髪の毛真っ白になっちゃうよ？」

「んなわけ……って言いたいところだけど、気分的にはそうかも」

今回のモザイクアート、予算はそれほどかからないが、作業量はかなり多くなりそうだ。なるべく作業がスムーズになるよう予定を組むつもりだが、これまでの経験上、こういうのは大抵遅れが出て、前日は徹夜で作業するなんてこともしばしばだ。

経験など一切ない状態で、いきなり文化祭でクラスのまとめ役を任されるとなれば、文化祭後は燃え尽き必至である。

「だから、今回のペアが朝凪で本当によかったよ。これでもし天海さんとか、新田さんとかになっちゃってたら、俺絶対にやっていけないし」

朝凪が女子の実行委員になってくれたおかげで、天海さんや新田さんも最初から積極的に協力をしてくれている。なので、今のところはなんとかやっていけそうだ。

「でしょ。そこんとこ私の驚異のくじ運に感謝して……と言いたいところなんだけど……はい、前原クンにプレゼント」

「？」

朝凪が俺に手渡したのは、くしゃくしゃに丸められた真っ白な紙片だった。

「なにこれ」

「……この前、私が引いたくじ」

つまり、委員決めの際に朝凪が握りつぶしたヤツということだ。

「！　でも、これが朝凪の引いたヤツだとすると」

一つ、矛盾が生じる。

「朝凪、お前もしかして」

朝凪がバツの悪そうな顔を浮かべる。

「うん、そういうこと。……ごめん、前原。私のくじ、本当はハズレだったんだ」

「え？　でも……あの時先生も……」

「先生は当然気づいてたけど、そこは強引にごり押してね」

直前の空気が悪かったから、先生も穏便に済ませたかったのだろう。

朝凪は、それを利用した。

「まさかあの空気の中でそんなことを……いつも思うけど、朝凪、お前、相変わらずのクソ度胸というかなんというか。すごいよ、本当に」

「……前原、怒らないの？　一応、私、不正したんだけど」

「宝くじとかならともかく、今回に限っては誰もが認める超貧乏くじだろ。なら、誰もなにも言いやしないよ」

クラスの大半の女子にとっては、当たりくじを引く＝苦労の多い実行委員の仕事＋パートナー俺だから、むしろ朝凪がかぶってくれてほっとしているだろう。

そういう不正なら俺も目くじらを立てることはしない。というか、むしろ朝凪にまた気を遣わせて申し訳ない気持ちでいっぱいだ。

「だから、俺から朝凪に言うことは変わらないよ。……朝凪が当たりくじを引いてくれてよかった。それだけだ」

厳密には朝凪が引いたのはハズレだが。このハズレくじは俺にとっては『当たり』――それでいいのだと俺は思う。

天海さんとはまったく違う、朝凪なりの庇《かば》い方。そういうの、俺はそこまで嫌いじゃない。

「……そっか」

「うん。そう」

「そっか……うん、そうだね。ありがと、前原。おかげでちょっと楽になった」

「そう？　ならよかったけど」

「うん。へへ」

そう言って、朝凪は安心したようにへにゃりと笑う。

そんな朝凪の顔がなんだかとても可愛く見えて、俺は照れ隠しに視線を逸《そ》らす。

こういう一面をもっと見せていけば、きっと朝凪の魅力がもっと伝わりやすくなると思うのだが……それは恥ずかしくて言えなかった。

「……あ、でもさ、今回は当たりくじが残ってたからよかったけど、もしその前に当たりが出ちゃってたらどうするつもりだったんだ？」

「その場合は後から変更になりそうだから、その時に立候補しようかなって。ほら、前原って、クラス内の劇物みたいなとこあるし。他の子じゃきっと耐えられないでしょ」

「俺は毒ガスか。……まあ、前科はあるけれども」

なにせ俺は、天海さんのグループに対して、『俺はお前らとつるむなんて絶対に嫌だね』という旨の発言をいきなりするような人間だ。

いつ、どんなふうに動きだすかわからない——そんな俺に上手く対処できるのは、今のところ、『友達』である朝凪しかいない。

「で、それはさておき。時間もないし、さっさと題材決めちゃおうぜ。そういえば、朝凪はなんか希望とかある？」

「なくはないけど……前原は？」

「……俺もあるけど」

最近同じものばかり見ているので、多分答えは一致するだろう。

「じゃあ、せーので言ってみる？」

「まあ、いいけど」

「『……せーのっ——』」

こうして、俺と朝凪、二人の文化祭がスタートした。

題材については、現在、アニメ化などで人気を博しているダークヒーローものの少年漫画の主人公にすることに決まり、さっそく設計図づくりへ。

「まずは、どこの絵を使うかだけど……朝凪、どうする？」

「やっぱコミックス1巻の表紙かな。刃物と血と臓物どばーでしょ。それがもっとも推せるところだし」

「だと、配色は赤黒がメインか。……まあ、それなら主に使うのはいつも飲んでるコーラの空き缶になるだろうし、集めるのはそんなに難しくなさそうか」

どのぐらいの大きさにするかにもよるが、立派なサイズのものを作るのであれば、数百個以上は必要になる。なので、メインで必要な色は、今の時点から集める手筈《てはず》となっている。

「公式絵をトレースして起こすから、その辺大丈夫なんかな……念のため問い合わせぐらいはしておいたほうがいいかも。ねえ、真咲《まさき》さんはなんて言ってる？」

「母さんに言わせると、『普段の仕事がクソ忙しいから問い合わせされても困るし、高校の展示物なら無断でも多分怒らないからやっちゃえよ』って」

「すごい真咲さんっぽい答え。でも、一応メールぐらいは投げとくか」

「だな」

ファンアートという形で構図等全て自分たちで考えることもできるが、残念ながら、俺も朝凪もそういう絵画センスはない。オリジナルの絵を描くのもありだが、それではインパクトが足りない。一応、やるからには上位を目指すとの意見はクラスでも一致しているから、版権キャラは一般の認知度の点で有利だ。

「それじゃあ後はよさそうな画像を選定して、そこから設計図に起こして──」

──ほほう、なるほど。話は聞かせてもらいましたよ、お二人さん！

「「ん？」」

順調に話が進んでいるところに、一人の少女の声が響き渡る。

ドアの陰に隠れて姿を現さないようにしているらしいが、その可愛らしい声でバレバレもいいところだ。

「天海さん？」

「夕、なにしてんの？」

「ふふっ、さすが海に真樹君……それでこそ我が友達に相応《ふさわ》し──へけっ⁉」

俺たちのもとに駆け寄ってきた天海さんの額に、朝凪のデコピンが炸裂《さくれつ》する。

「い、いたいよ、海〜」

「自分の持ち場はどうしたの？　夕、アンタには新奈と一緒に空き缶集め部隊のまとめ役をお任せしたはずなんだけど？」

「私も初めはそのつもりだったんだけどさ……ほら、ずっと海と真樹君、大変そうにしてたから、そっちのお手伝いをできないかな～って。あ、もちろん許可もらったよ」

展示物の準備や会議への出席など、今日は朝からわりと忙しくしていたから、天海さんも俺たちに加勢したいと思ったらしい。

「心配してくれてありがとう、天海さん。でも、こっちも方針は決まったから、そこまで人手は必要ないよ」

「そういうこと。気持ちだけ受け取っておくから、ここは私たち二人に任せてさっさと皆のところに戻りな」

「う～……真樹君っ」

「……天海さん、俺を見つめても何もないよ」

俺的には天海さんがいても問題はないのだが、あまり甘やかすと保護者である朝凪が怒るので、ここは心を鬼にすることに。

「はいはい、わかりましたよ～。もう、二人のけちんぼ……あ、もしかしてそこにある漫画が今回の題材ってやつ？」

「うん、これは参考資料だけど」

「へえ。なんか、すごい変わった感じの漫画だね。でも、キャラはめちゃ格好《かっこ》いい」

単行本を手に取って、天海さんはおもむろにページをぱらぱらとめくる。

激しいバトルにグロテスクなシーン満載なので、天海さんのような女の子にはピンとこないだろうと思ったが。

「……ねえ、この絵、私が描いてみてもいいかな？」

「え？」

一通り目を通したところで、天海さんがそう口にした。

「天海さん、絵描けるの？　朝凪さん、知ってた？」

「いや……夕、アンタ今までそんなことしてなかったよね？」

「うん。でも、海と友達になる前までは一人で描いてたこともあって……それに、漫画読んでたら、なんか『いけるかも』って」

絵を描くのは久しぶりらしいが、それで大丈夫なのだろうか。

「真樹君、ペンと紙貸してもらっていい？」

「え？　まあ、構わないけど」

俺からボールペンとルーズリーフを受け取った天海さんが、参考資料を見ずに、すらすらと絵を描き始める。

「ん～と……刀とかのこぎりとかをぐわーっと振り回して、ゾンビさんたちがギャーってなって、血がブシャーってなって、そんで中央でかきーんと決めポーズ……」

そんなことをブツブツ言いながら、天海さんはどんどんと絵を描きこんでいく。

「夕、アンタ――」

「ごめん、海。あと十分だけ」

すでに絵のほうに神経を集中させているのか、今までとは打って変わって、真剣な雰囲気を纏《まと》っている。スイッチが入っている、と表現すればいいだろうか。

「──ん、できた。どうかな？　さっきの漫画だけで、私のイメージで勝手に描いちゃったんだけど」

「！　これ……」

手渡された絵を見て、俺と朝凪は驚愕《きょうがく》した。

文句のつけようがない。丸写しではないのに、キャラの細部までしっかりしているし、漫画の特色である生々しくも迫力のある描写がきっちりと再現されている。

しかも、ボールペン一本のみで。

「天海さん、実はプロのイラストレーターだったりは……」

「まっさか〜。でも、久しぶりにしては満足の出来かな〜と」

えっへん、と胸を張る天海さんだが、これで久しぶりなのか。

「朝凪さん、これはさすがに手伝ってもらったほうがいいんじゃ……」

「…………」

「朝凪さん……？」

「えっ!?　あ、う、うん。だね。これだけできるなら、絵のほうは夕に……ってか、この絵をカラーにすればいいんじゃない？」

それは俺も思った。少し複雑な配色になりそうだが、インパクトは申し分ない。

「ほんと？　じゃ、これで私も二人の役に立てるねっ」

役に立つどころの騒ぎではなく、完全に天海さんが主役に躍り出た形である。

天使みたいな容姿の上、芸術的な才能。いくらなんでもスペック盛りすぎでは。

「ってことで、設計はこれから三人でやっていく形に変更にしよう。必要な空き缶の数とかは俺が計算するから、天海さんには絵のほうに集中してもらっていい？」

「うん。了解っ。海、真樹君。これからよろしくね！　んじゃ、私は早速家に帰って色塗りしなきゃ。海、大丈夫かどうかチェックして欲しいんだけど、いい？」

「ん。塗った先からばんばんボツにしていけばいいのね？」

「海の鬼ぃ……でも、高校で初めての文化祭だから、私、頑張っちゃう」

「ふうん、いいじゃん。で、勉強のほうは？」

「……え～っと、」

「このヤロ」

「いたっ⁉　うう、助けて真樹君。海が私のこといじめる～！」

「困ったら前原君にすがるのやめな。……今日はそういうことで。お疲れ、前原君」

「お疲れさま、真樹君。また明日ね」

いつものようにじゃれ合いながら、天海さんと朝凪が教室を後にする。

天海さんが予想外の類まれなる才能を発揮したことで、文化祭の準備については滞りなく進みそうだが。

しかし、やはり気になることが一つあって。

俺はすぐさまメッセージを飛ばす。

『(前原) 朝凪』

『(朝凪) なに？　なんか用？』

『(前原) いや、別に。ただ、なんか微妙に元気がないような気がしたから』

『(朝凪) ああ……夕、絵も結構上手いんだなって』

『(朝凪) 親友でも知らないことなんていくらでもあるんだなって。ちょっと思っただけ』

『(朝凪) だから、前原は心配しないで』

『(朝凪) 私、大丈夫だから』

『(前原) そう？』

『(朝凪) うん』

『(前原) 本当に？』

『(朝凪) ほんとうにっ』

『（前原）なら、いいけどさ』

朝凪がそう言うのなら、俺ももう信じるしかないのだが。

「……じゃあ、なんでそんな辛《つら》そうな顔してるんだよ」

天海さんに手を引かれて帰っていく朝凪の苦い横顔を思い浮かべつつ、俺は呟《つぶや》いた。


翌日になっても、天海さんの活躍は続く。

「え？　マジ？　これ夕ちんが描いてきたの？　ヤバくない？」

「えへへ、そうかな？　なんか文化祭だから私も頑張らなきゃ～って思って、そしたら勢いついちゃって。寝る間も惜しんで最後まで全部バーッて」

天海さんが照れ笑いを浮かべながら、昨日のラフを元に急ピッチで描き上げたらしいカラー絵をみんなに見せている。

朝凪からファイルを送ってもらい確認済みだが、クラスメイトが称賛する通り、カラーの絵も当然すごかった。

後は、この画像を元にモザイクアートに起こし、微調整の上、クラスメイトたちや実行委員会に渡す資料を作成する予定だ。

「やったね、海！　私たち二人頑張って徹夜した甲斐《かい》あったよ」

「ほんとだよ。一応クラスの責任者だから付き合ったけど、そうじゃなかったら夕のベッド占領して寝てたところだわ」

　さらっと天海さんの家にお泊りをしているわけだが、そのことについてはもちろん誰も咎《とが》めない。仲のいい同性の親友同士なら、こういう反応になる。

　これがどうして異性になると、殊更騒がしくなるのだろう。

　そのせいであの朝帰りの日は朝凪のことを変に意識して……まあ、それはともかく今は俺の仕事についてだ。

　運がいいことに、今日は金曜日の週末。あまり学校の仕事を家に持って帰るのは好きではないが、土日で完成させれば、週明けからスムーズに制作に取り掛かることができる。

（今日はさすがに朝凪との予定はなしかな）

　今日に限って言えば徹夜の影響からか朝凪も眠そうにしているし、俺としてもあまり無理はさせたくない。文化祭が近いならともかく、期限には大分余裕があるのだ。今から無理していたら、いくら朝凪だって当日までもたない。

『（前原）お疲れ』

『（朝凪）ん。もっとほめて』

『（前原）すごいえらい』

『（朝凪）お～い表現力』

『（前原）冗談だよ。天海さんの手伝い、大変だったろ？』

『(朝凪)　わかってるじゃん』

『(前原)　まあ、昨日あれだけすごいもん見せられるとな』

『(前原)　とにかく、今日は無理せず家に帰って寝ていいから』

『(朝凪)　そうしようかな。昨日はさすがに頑張りすぎたし』

『(前原)　ん。微調整後のファイルとかは日曜日にメールで送るよ』

『(朝凪)　うん。夕にもそう伝えとく』

寝不足で顔は疲れているが、メッセージのテンションはいつも通りだし、昨日のようなおかしい様子もない。

「！　あ、真樹くん。文化祭の準備、一緒に頑張ろうね！」

「……う、うん。そうだね」

ふと顔を上げた瞬間、偶然俺と目が合った天海さんが俺のほうへ元気よく手をぶんぶんと振っている。

徹夜に付き合った朝凪がグロッキーなのに、作業をしていた本人はいたっていつものハイテンション……才能だけでなくスタミナまで無尽蔵とは。本当に俺や朝凪と同じ人間なのだろうか。

そうして放課後、早速帰宅した俺は作業に取り掛かることに。

だがその前に、とりあえず腹ごしらえから。

『――はい、ピザロケットで～す』

「あの、前原ですが」

『あ、どうも～、いつものでいいっすか～？』

今回はいつものピザとポテトとナゲットのセットに、飲み物をエナジードリンクに変更した。別に飲み物を変えたぐらいでどうなるわけでもないが、こういうのは気分だ。

来るまでの間、少し作業を進めておこうと、俺はＰＣの前に腰を下ろした。

「……こういうの、久しぶりだな」

ふと、気づく。

薄暗く、静かな室内。

自宅のデスクトップＰＣのファンの音のみが響く中、俺はふと呟く。

よくよく考えてみると、これが俺のいつものスタイルだった。薄暗い部屋で一人、ジャンクフードをコーラと一緒に流し込みながらゲームをする。飽きたら漫画を見たり、テレビで映画を見たり、ネットで動画を漁《あさ》ったりする。

それをどうして『久しぶり』だと感じたのか。

その理由はもちろん、朝凪海という一人の女の子の存在だった。

朝凪が来てもやることは変わらないのに、彼女がいるだけで、薄暗い部屋は明るく、淀《よど》んだ空気が爽やかに、そして甘い匂いで満たされる。

朝凪と友達になって、まだほんの二か月も経《た》っていないというのに。

「寂しい……と思ってるのか、俺」

どうしても物足りない。

今日は一人でいいと朝凪には言ったのに、たまには落ち着けていいかと思ったのに。

もうすでに、隣に誰もいないことに寂しさを感じてしまっている。

やけに暗く感じるリビングに、ぽつんと一人。

「……ああ、もう」

どんよりとした雰囲気に耐えられなくなった俺は、半ばやけ気味にスマホを手に取った。

久しぶりに自分からかける電話の相手は、もちろん朝凪。

呼び出し音が鳴る中、少しずつ心臓のドキドキが高まっていく。なぜか緊張する。

『……なに？　どうかしたん？』

「あ、ごめん、朝凪……寝てた？」

『うん。ちょっとだけ仮眠してて、これから夕ご飯ってとこ。でもお風呂もまだだし、さすがにまだ寝ないよ。おじいちゃんじゃあるまいし』

「まあ、そっか。そうだよな」

『で、なに？　こういう時はいつもメッセージだけ送ってくるのに、今日は電話なんて珍しいじゃん。もしかして、なんかトラブル？』

「いや、そういうのはないけど……ああ、でもやっぱりその件もあるかな……独断で調整するのもどうかなって、そうも思ってて」

そうじゃない。ただちょっと朝凪の声が聴きたかっただけだ。

最近はいつも隣に朝凪がいたから、不意にちょっと寂しくなってしまって。だから。

なんて、そんなこと、恥ずかしいから絶対に言えないけど。

『……うん、だから？』

「だから、その……眠いはずなのに、悪いとは思ってるんだけど」

なんでこんなにも俺は緊張しているのだろう。

ただ、友達に『遊びに来いよ』と自分から誘うだけなのに。

「やっぱり……もしダメじゃなければ、だけど」

『……うん』

「俺んち来て、設計図の作業ついでに、メシでも食いながら、遊びながら……っていうか」

メッセージならこんなことはないのに、電話で話すとぼっちの悪いところが出る。話が回りくどくなって、伝えたいことが半分も伝わっていないような。

『……なるほど。つまり、前原は私と会えなくて寂しいと』

「いや、そんなつもりは……別に」

『ダメダメ、そんなこと言ってももうバレバレだし。ほら、もう思い切って言っちゃいな？　前原真樹は朝凪海がいないと寂しくて死んじゃうんです～って』

「ち、ちげーし……」

『ふふ、前原ってば可愛《かわい》い。ウサギちゃんみたい』

「ウサギの話は迷信だ」

『知ってる。でも前原は私に電話かけてきたじゃん？』

「う……」

『ほらほら～、私に全部さらけ出しちゃいなって、スッキリするよ？』

「うぐっ……ああもう、やっぱり電話なんてするんじゃなかった。そっちこそ、今日は一人で寂しくーてんじゃないかって心配してやったのに」

『ふ～ん？　ほ～ん？』

自分が電話したせいとはいえ、完全にからかわれている。一時の気の迷いで、大きなやらかしを犯してしまった。

顔が、頰《ほお》が、ものすごく熱い。恥ずかしい。ほんの少しでいいから時間よ巻き戻れ。

「ああもう……！やっぱ自分一人でやるわ、じゃあな」

『え？　本当にいいの？　お願いすれば考えてあげないこともないのに～』

「いいのっ」

『ふふっ、ざ～んねん』

思ってもないことを言って。完全におもちゃにされてしまった。格好悪い。

「あと、この電話のことは……忘れなくていいけど、せめて秘密にしておいてほしい」

『いいよ。じゃ、そのかわり、前原に一つお願いしていい？』

「できる範囲なら……なに？」

少し間が空いて、朝凪が一言。

『……やっぱりそっち遊びにいっていい？　私も、ちょっとだけ寂しかったからさ』

さっきまで散々からかわれてからの、これ。

いつも思うが、やっぱり朝凪には勝てないと思う。

「……それは、別にいいけど」

『へへ、ありがと。じゃあ、今すぐ行くから。……あ、もちろんメシはおごりだからね。追加注文、忘れないように』

そう言い残して、すぐに朝凪は通話を切った。

結局いつもの週末になってしまったが、いつも以上に俺の心はそわそわと落ち着かないのはなぜだろう。

そこからほどなくして、朝凪はいつものラフなジーンズ姿でやってきた。とはいえ、ウチで遊ぶ時、朝凪は大抵制服なので、ここでの私服姿も新鮮ではある。

「よっ」

「よ、いらっしゃい。追加注文はしてるから。いつものでよかったよな？」

「ん、サンキュ。あ、さっき真咲さんから電話かかってきたよ。息子がヘンなことしたら蹴飛ばしていいからねって」

「どこをだよ。まったくあの人はもう……」

今回ばかりは同じ轍《てつ》を踏むつもりはないので、そこは大丈夫だと思いたい。

眠いところを呼んでしまったので、もしかしたら朝凪のほうは寝てしまうかもしれないが、時間になったらちゃんと起こしてやろう。

……もちろん、ヘンなことは絶対にしない。

「ねえ、前原」

「ん？　なに？」

「ちょっと呼んでみただけ〜」

「んだよそれ」

「ふふっ」

玄関を開けた時から、朝凪はずっと俺のほうを見てニヤニヤとしている。特にそれ以上のことはやってこないのだが、先ほどの電話のことをからかっているのは明らかである。

この分だと、しばらくはこれをネタに擦《こす》られるかもしれない。

まだ少し、頰が熱い。

「〜♪」

そんな俺の気も知らないで、朝凪は上機嫌に鼻歌を歌いながら、自分の分の食器やグラスを用意している。

別に何か特別なことをやるわけではないのに、今日はすごく嬉《うれ》しそうだ。

「先に仕事のほうぱぱっとやっちゃいますか。モザイク絵にはもう起こしたんでしょ？」

「うん。細かい箇所の色変更とか、その辺はまだだけどね」

リビングから椅子を持ってきて、二人並んで作業を開始する。

「前原、ちょっと失礼するよ」

「ん？　お、おお……」

作業スペースが狭いため、俺と朝凪は体を寄せ合う形になる。そうなると必然的にすぐ横に朝凪の顔がくるわけだが、今回はそれだけじゃなくて。

「……なあ、朝凪」

「ん〜？」

「くっつくのは仕方ないとして、どうして腕に手を、その、回してるというか」

「え？　気のせいじゃない？」

「んなわけあるか。自分の腕が今どうなってるかよく見てみろ」

「はいはい。ったく、せっかく私がサービスしてやってんのに、真樹クンは恥ずかしがり屋さんだな～」

「そういうのは間に合ってるんで」

「そう、残念。でもとりまさっきの抱き着き分、サービス料三千円」

「ぼったくりか」

ちょっかいに関しては仕方ないが、今日の朝凪はやたらとスキンシップが多い気が。

調子が狂うが、ともかく、やんわりと腕を払って作業の続きへ。

「前原、ここの箇所は色のほう赤と黒、どうしようか？」

「う～ん……赤だとちょっと明るすぎるし、黒だとちょっとな……間とって、臙脂色《えんじいろ》とか暗い紫とか、そういう色だといい感じになるかも」

「じゃ、その色の空き缶を探す感じだね。ドクペあたりが近いかな？　でも、ここらへんってあんまり店売りしてないような。担任に差し入れ名目で必要分たか……お願いする？」

「だな。たかろうか」

「おい、言い直した私の気遣いよ」

「冗談だよ。まあ、先生にお願いしなくても当てがないわけじゃないから、差し入れとか自分たちでジュースを買うのは最終手段ということで」

「当て？」

――ピンポーン、と家のインターホンが鳴る。

「どうも～、ピザロケットでーす」

「！　ああ、もしかして」

「そういうこと。……すいません、ちょっと注文以外でお訊《き》きしたいことがあるんですが」

交渉の結果、店内のほうで出る空き缶を数十本ほど引き取らせてもらうことに。

いつも使っているピザ店は他の店より飲み物の種類がやたらと豊富なので、必ず目的の色の空き缶もあると踏んでいたが、予想が当たってよかった。

「んじゃ、これで材料の問題も解決かな。あ、そのチキンもーらいっ」

「あとはその他の備品の買い出し……お返しにハッシュドポテトもらうぞ」

「あ、こらっ、人のものをとっちゃいけませんってお母さんから学ばなかったの？」

「やられたらやり返せとは教わったぞ」

お互いのサイドメニューを取り合いながら、いつものようにジャンクな食事を楽しむ俺と朝凪。もちろん行儀が悪いのは自覚しているが、二人でいる時は、だいたいこんな感じになる。

こうしているほうが、なんだかおいしく感じるのだ。

「ごちそうさま～……さ、腹ごしらえも済んだことだし、」

「作業の続きでもするか？」

「ゲームやりつ」

「そっちかよ。まあ、やるけどさ」

まだ作業は残っているが、あとは俺だけで問題ないだろう。

何はともあれ、朝凪を誘ってよかったと思う。恥ずかしい電話と合わせてイーブンというところか。

「……っしゃ、隙あり！」

「!? しまっ……」

いつものようにボコボコにしてやろうと思っていたが、油断があったところで朝凪に勝利をもぎ取られてしまった。

「っしゃあ～！　やったやった！　マジモードの前原からようやく一勝～！」

「うえっ、なんという不覚……」

油断して軽いプレイングになった瞬間、朝凪の罠《わな》にまんまとハマってハチの巣にされてしまった。

「朝凪、もっかい！」

「お？　ふふん、よかろう。その挑戦受けて立とう」

「調子に乗って……次は勝ってやる」

「へへん、次も返り討ちにして初の二連勝だ」

もちろんその後は逆に返り討ちにしてなんとか威厳を保った俺だったが、しかし、前回、天海さんと遊んだ時よりも、さらにプレイスキルが上がっていた。

あの後も、ずっとコツコツと練習していたのだろう。

天海さんのような突然のひらめきはなくても、何事も堅実で、努力して少しずつできることを増やしていく。それが、朝凪海という女の子のスタイルなのだと思う。

ゲームでも、勉強でも、その他でも、きっと。

「さて、一応まだ時間あるっぽいけど、どうする？　他のゲームか、それとも久しぶりに映画かなんか見るか？」

「あ～、うん……そうだね～……んん……」

「？　朝凪？」

気づくと、朝凪はコントローラーを手に持ったまま、俺の肩に寄りかかって、うとうとと眠そうにしている。

対戦終盤は集中力が途切れていたようだが、さすがに限界だったようだ。

「朝凪、眠いのか？」

「あ、うん……さすがにちょっとエネルギー切れみたい……ふわあ」

「それなら無理せず寝てな。今日はきちんと起こしてやるから」

「ん。じゃ、前原の部屋から毛布もってきて」

「指定かよ。まあ、構わないけど」

ベッドにあった毛布をとって、ソファで横になっている朝凪にかけてやる。

「へへ……うん、やっぱりこれあったかくていいね」

毛布にくるまり顔だけ外に出している様子は、まるでミノムシ。もう何年も使っている安物の毛布だが、気に入ってくれているならいいか。

「じゃあ、三十分したら起こすから。俺はもう少し作業を――」

「前原、ちょっと待って」

寝ている間に作業を終わらせようとソファから立ち上がろうとしたところで、シャツの裾を朝凪に引っ張られた。

眠気はかなり限界のはずだが、それでもしっかり摑《つか》んで放してくれない。

「どうした？」

「前原、あのね」

「うん」

「手、繫《つな》いでもいい？」

「え」

とくん、と心臓が不意に跳ねる。

「な、なんで」

「なんででも。わかんないけど、なんかそうしたいかなって。……ダメ？」

「いや……」

だから、朝凪にそんなふうにお願いされてしまうと断れないんだって。

「まあ、いいけど」

「えへへ」

いつかみたいにはにかんで、朝凪は俺の手を優しくぎゅっと握った。

そこから、じんわりと彼女のぬくもりが伝わってくる。

「ありがと。前原は、やっぱり優しいね」

「三千円」

「おーい」

「俺はただやり返しただけだよ」

「む、やっぱり前原ってばヤなヤツだ」

そう言いつつも、お互いに握る手の力が強くなっていく。

なんで俺たち、こんなことをやっているのだろう。一人が寂しいから？　誰かのぬくもりが恋しかったから？　どうしてそんなことをしているのか、俺自身もよくわからない。

多分、友達同士でだって、こんなことしないはずなのに。

それでも朝凪を見ていると、優しい気持ちになって、自然とそんな行動をしてしまう。

「ねえ、前原」

「……なに？」

「私ね、多分――」

――ピンポーン。

朝凪が何か言いかけたところで、再びインターホンが来客を告げた。

「……前原、お客さんみたいだけど」

「うん。でも誰だろこんな時間に……配達の人じゃないはずだし」

マンション住みだとたまに部屋番号を押し間違えたり、営業の人、もしくはただ単に不審者だったりすることもあるので、知らない人だと無視してしまうのだが。

『――こんばんは、真樹君。ごめんね、こんな時間に』

「あ……」

モニターに映ったその姿に、俺は一瞬頭が真っ白になった。

なぜ、今、このタイミングで、彼女が俺の家に訪問してきたのか。

「天海、さん……？」

『ねえ真樹君……海、そこにいるよね？』

「……ごめん。ちょっとだけ待っててくれる？」

そう断って、俺はすぐに朝凪のもとへ。

これは、どう考えてもまずい。

「……夕、そこにいるの？」

「今はまだエントランスだけど……家から出る時、天海さんに見られたりとかした？」

「気を付けてたから、それはない……と思いたいけど」

天海さんと朝凪の家はそこそこ離れているそうなので、待ち伏せなどをされていたのでもない限りは、家から出たところを偶然見かけたという可能性も低い。

つまり、天海さんは、朝凪がこの日に限っては俺の家にいることを半ば確信していたということだ。

「朝凪、天海さんに俺たちのことは……」

「あの……その、」

「まだ言ってない？」

申し訳なさそうに朝凪が頷《うなず》くが、今それを咎《とが》める気はない。

朝凪が言っていないということは、つまり、天海さんは、どこかのタイミングで俺と朝凪が親しい友人関係であることに気づいていたわけだ。

とぼけて追い返しても、この状況ではきっと無意味だ。

「前原、ごめん。私……」

「いや、元は俺が言い出したことなんだ。朝凪は何も悪くないよ」

ここは潔くいこう。朝凪だって、好きでこうしたわけじゃないのだから。

朝凪をテーブルのほうに座らせて、俺は天海さんを家に招き入れた。

三人の間に、沈黙が訪れる。

「……海」

「夕……」

天海さんのまっすぐな視線に、朝凪は目を逸《そ》らすことしかできない。

弱気な朝凪と、そんな朝凪を憐《あわ》れむような目で見る天海さん……普段学校で見せているような二人とは、まるっきり立場が違った。

「天海さん、飲み物とかは——」

「大丈夫。今日はすぐ帰るつもりだから。二人の大事な時間を邪魔しちゃ悪いもんね？」

「夕、私はそんなことっ……」

「朝凪、ここは俺が話すよ」

二人で話をさせるのはまずい。俺が間に入ってなんとかしないと。

「……天海さん、俺と朝凪のこと、いつから？」

「おかしいなって思い始めたのは……やっぱり『家の用事』かな。多すぎるな～って」

目立つような動きは俺も朝凪もしていなかったはずだが。さすがにきつかったか。

「クラスの人たちにはバレてないんだろうけど……ごめんね、海。クラスの皆が私を見るのと同じように、私は、私の親友のことをずっと見てたから」

家の用事があるからと天海さんの誘いを断っておいて、実のところは、四月にクラスメイトになったばかりの男子と内緒で遊んでいた——親友に蚊帳の外に置かれた天海さんは、どんな気持ちでその様子を見ていたのだろう。

「ねえ、海、どうして真樹君と遊んでること言ってくれなかったの？　内緒にしてても、海なら絶対に言ってくれるって思って、私、ずっと待ってたのに」

「それは……」

「天海さん、ごめん。俺が悪いんだ。クラスの奴《やつ》らに色々言われるのが面倒だったから、俺が朝凪に頼んでずっと秘密にしてもらって……なあ、朝凪？」

「……」

朝凪に口止めをお願いしたのは事実なのに、朝凪は否定も肯定もせず俯《うつむ》いている。

俺のせいなのに、どうして朝凪が悪いような顔をしているのだろう。

「ねえ海、真樹君の今の話って、本当？」

「……」

嘘《うそ》じゃない。

嘘じゃないはずなのに、朝凪は何も答えない。

「海、どうして何も言ってくれないの？　私のことが信用できないから？　それとも親友だって思ってるのは私だけで、海にとってはそうじゃないの？」

「っ、そんな……私は今でも夕のこと、」

「じゃあ、なんで真樹君のこと、私に言ってくれなかったの？　クラスの皆には知られたくないって、こっそり仲良くしていたいって、そう言ってくれれば、私だってちゃんと秘密にしたのに」

それが目的だったからこそ、俺も朝凪も、天海さんに打ち明けるよう、あのお泊りの夜の日に二人で決めたのだ。

しかし、結局、朝凪は天海さんに打ち明けることはなく、今に至ってしまった。

「……そうかもね。夕なら、打ち明けてもきっと秘密にしてくれるはずだし、私や前原のために色々お節介焼いてくれるだろうね」

「なら、どうして……」

「それは、」

一呼吸置いて、朝凪は絞り出すような声で親友へ呟《つぶや》いた。

「……ごめん。それだけは言えない。……言いたくない」

朝凪が、隣に座る俺のシャツの裾をきゅっと握りしめる。

なぜ朝凪が俺とのことを天海さんに黙っていたかが疑問だったが、もしかしたら、朝凪にも、俺との仲を天海さんに秘密にするだけの理由があるのかもしれない。

こんな朝凪を見るのは、初めてだった。

「……ごめん、前原。もう遅いし、お母さんも心配するから、今日のところはもう帰るね」

「あ、海が帰るなら、私も一緒に――」

「待って」

ついて来ようとした天海さんを、朝凪が手で制する。

「夕は来たばっかりだし、ちょっと休んでから帰りな。……ってか、一人で帰らせて。こんな空気で夕と二人きりなのは……ごめん、正直、ちょっときつい」

「海っ……」

それは、明らかな拒絶だった。

親友同士で、今まで仲違《なかたが》いしているところなど見たことのない二人の間に、初めて亀裂が入った瞬間だった。

「……ごめん、夕。私、ひどいヤツだ」

「あ、海――」

「前原、また今度ね。今日は電話、ありがと。……すごく嬉《うれ》しかった」

寂しそうな笑顔を見せて、朝凪は、俺と天海さんから逃げるようにして部屋を後にする。

「真樹君……どうしよう、私……」

「……うん」

すぐにでも追いかけるべきか、それとも時間を置いてお互いに頭を冷やすべきなのか。

今の俺には、その答えを出すことができなかった。


週末の余韻を引きずったまま、家で土日を過ごし、週明け。

俺は、いつもより早めに家を出て、学校に向かうことにした。

設計図のほうは、土日の休みのうちに俺のほうで全て完成させている。あとはこれをクラス全員にコピーして渡し、展示物であるモザイクアートの制作に取り掛かっていく。

気分は乗らないが、仕事は仕事、その他はその他だ。

週末のことがあったので、もしかしたら学校に来ないかもという考えが一瞬だけ頭をよぎったが、朝凪はきちんと自分の席に座っている。当然、天海さんも一緒だった。

「あ、真樹君だ。おはよ〜」

「おはよう、天海さん。……あと、朝凪さんも」

「ん。どうも」

先週のことがあって緊張したが、朝凪はいつもの調子で俺の挨拶に応じる。

「あ、そうだ。これ、設計図。色別の空き缶の個数とか、俺のほうで全部出しといた。チェックはしてるけど、間違ってるところとか、気になるところがあったら言って」

「うん。お～、すごい！　こうしてみると、本当にアートっぽくなってるね。完成したらどんな感じになるんだろ。ね、海？」

「まあ、元の絵がヤバいぐらい凄《すご》いから、よっぽどやらかさなければ大丈夫でしょ。あ、プリントは私のほうで配っておくからちょうだい」

「ごめん、お願いしていい？」

「もちろん」

そう言って微笑《ほほえ》む朝凪は、びっくりするぐらいどこからどう見ても普通の朝凪海だった。

天海さんとの接し方も含め、まるでこの前のことなどなかったかのような振る舞い。

もしかして、休日に天海さんと仲直りしたのだろうか——訊《き》きたいが、クラスのみんながいる中でそんな話などできるはずもなく。

ひとまずメッセージでも飛ばしてみようか……そう思いつつ自分の席につくと、ちょうどポケットのスマホがぶるぶると震えた。

朝凪からだろう、そう思って画面を見ると、いつもと違うアイコンが表示されていた。

可愛《かわい》いウサギのキャラクターのアイコンに『あまみ』という名前。

顔を上げると、ちらりとこちらの様子をうかがっている天海さんが。

『(あまみ)　真樹君、いきなりごめんね』

『(前原)　天海さん、こっち見ちゃダメだよ。皆にわかる』

『(あまみ)　あ、ごめん。こういうのなれなくて』

『(前原)　それで、どうしたの？』

『(あまみ)　えっとね……海とのことなんだけど、あの後、海と話したりとかした？』

『(前原)　いや特になにも。天海さんのほうは？』

『(あまみ)　じつは私も。休みの日も、気まずくて声かけられなくて』

『(あまみ)　でも、休み明けたら何事もない感じで家に迎えにきてくれたから』

『(あまみ)　もしかしたら、真樹君のほうで海に話してくれたのかなって』

『(前原)　朝凪はなんか言ってた？』

『(あまみ)　金曜日のことはゴメン、忘れてって、それだけ』

つまり、今はお互い表面上取り繕っているだけで、ちゃんとした仲直りはできていないということになる。

あの時、朝凪が天海さんに言ってしまった言葉が脳裏をよぎる。

言葉というのは、いったん口に出してしまったら、もう元に戻すことはできない。

たとえ朝凪が忘れてとお願いして、天海さんもそうしようと努めても、記憶が残っている以上はふとした瞬間に思い出してしまう。

いいことも、良くないことも。それによってわだかまりが残ってしまうことも。

こうなった以上、二人の関係が完全に元通りとはいかないかもしれない。でも、このまま放っておくこともできない。

今までずっと一緒だった親友なのに、俺のせいでめちゃくちゃになってしまうのは、朝凪海の『友達』として、絶対に避けなければならないと思うから。

『（前原）天海さん、ひとまず俺に任せてもらっていい？』

『（あまみ）うん。私が言っても逆効果かもだし……じゃあ、お願いするね』

『（前原）ありがとう、天海さん、とりあえず、また放課後にでも』

天海さんとのやり取りを終え、俺はすぐさま朝凪にメッセージを飛ばした。

『（前原）なあ、朝凪』

『（前原）朝凪ってば』

『（前原）どうして無視するんだよ』

メッセージが来ているのには気づいているはずだが、どれだけ待っても朝凪は既読スルーのままだ。

一見すると何事もなく普通に振る舞っている様子の朝凪だが、事情を知っている俺や天海さんにしてみれば、違和感しかなかった。

設計図が出来上がったので、文化祭準備は今日が本格的にスタートである。

モザイクアートの作り方はそう難しくない。空き缶に錐《きり》で穴をあけて、設計図をもとに順番どおりにヒモに通し、あとは並べて屋上の柵から吊《つ》り下げるだけだ。

ネックは作業時間だが、もし遅れた場合は泊り込みで時間をとるしかない。ただ、夜通しできるのは文化祭の前日に限るため、その前にあらかた終わらせなければならない。

作業のスケジュールを責任者である生徒会に申請し、クラスに指示をするのはクラス実行委員の権限で、ペアである朝凪と上手《うま》く連携する必要があるのだが。

『（前原）　朝凪』

『（朝凪）　なに』

『（前原）　話を』

『（朝凪）　や』

応答はしてくれるようになったが、こんな感じで拒否されてしまう。

天海さんや新田さんが話しかければ普通に応対し、どうでもいい話をして笑顔を見せるものの、俺に対しては視線すら合わせてくれない。

なぜだろう。気まずい雰囲気だったのは朝凪と天海さんだったはずなのに、なぜ、休みを挟んだ途端、俺と朝凪のほうが微妙な空気になっているのか。

『（あまみ）　真樹君、海に無視されてるっぽい？』

『（前原）　っぽいです』

『（あまみ）　あらら』

『（あまみ）やっぱり私のほうで訊いてみよっか？』

『（前原）いや、もう少し俺のほうで頑張ってみるよ』

『（あまみ）そう？　でも、無理そうなら言ってね』

『（前原）了解です』


メッセージに反応してくれないのなら、隙を見て直接話しかけるしかない。

席を立ち、朝凪のもとに向かい、『話がある』と言う。

一見簡単そうだが、いつも教室にいる時はほとんどお尻で椅子を磨いているだけの俺がやるには、やはりちょっとだけ勇気がいる。

しかし、いつまでもこの空気を引きずっていたくない。

朝凪と話して、ちゃんと仲直りがしたい。

「……あ、朝凪さん、ちょっといい？」

5限が終わり、あと1限で放課後というクラスの緩んだ空気を縫って、俺は朝凪の席へと向かう。

当然朝凪は驚いているし、天海さん含めたクラスメイトの視線が俺に集まるわけだが、今はそんなこと関係ない。

「……なに？」

「その……話、したくて。朝凪さんと」

俺の言葉にクラスメイトがざわめくが、

「あ、もしかして、設計図の件のこと？　そういえばいくつか指定ミスってたとこあったもんね」

それに反応した朝凪の火消し。『なんだ～』という空気が教室を漂うが、

「いや、そうじゃない。仕事もあるけど、もっと別の……個人的な話も」

「え、えっ……？」

今回はそうはさせない。空気の読めないオタクは、一度喋《しゃべ》り出すと止まらないのだ。

朝凪の目が、明らかに泳いでいる。

「ちょうど倉庫で一緒にやってもらいたい仕事もあるし、放課後……時間いい？」

「あ、いや、でも私も色々指示しなきゃいけないから……皆もそのほうがきっと」

「――いや、私たちは大丈夫だけど？」

はしごを外したのは、天海さんだった。

「ゆ、夕……でも、私たちがどっちも席外すとさすがにまずいっていうか……」

「私も実行委員みたいなもんだし、簡単なヤツからやるから。だから全然問題なし」

ぱちり、と天海さんがさりげなく俺へとウインクした。

緊張のあまり天海さんにこのことを伝えわすれていたが、うまく察してくれたらしい。

「俺のほうで鍵はもらってくるから、朝凪さんは先に倉庫に、ってことで」

「いや、まだ話は終わって」

「嫌なら来なくてもいい……けど、来てくれたほうが、その……うれしい……というか」

「う……」

朝凪にだけわかるよう『うれしい』のところをぼそりと呟《つぶや》いて、俺は一目散に席へと戻って自分の机の木目を見ることだけに集中する。

我ながらなんて恥ずかしいことをしたのだろう。

好奇の視線が全身にちくちくと突き刺さるが、しかし、ここまでしてしまえば朝凪だって無視できなくなる。


『(朝凪) 前原のばか、きらい』

6限の途中、そんなメッセージが俺のスマホに届いていた。


放課後、職員室から鍵をもらって倉庫に向かうと、むくれた顔の朝凪が出迎えてくれた。

「バカ、ほんとバカ。私たちのことは秘密だってのに……みんなの前であんなふうに言われたら、もう来るしかないじゃん。あと、夕とこそこそやり取りなんかしちゃって」

「それは朝凪が俺のこと無視するから……なんで休み明けたら既読スルーなんだよ」

「そっ、それは、だって……その……」

みんなの目がある手前、しょうがなく俺のところには来てくれたようだが、理由を話す決心まではついてないらしい。

「……ともかく、先に仕事のほうやっちゃおうぜ。天海さんの話だと、もう半分ぐらいは集まってるだろうって言ってたから」

「……いいの？」

「いいも何も、元からそのつもりで朝凪を呼んだんだし。……先に白状してすっきりしたいんだったら話聞くけど？」

「……仕事する。ばか」

悪態はつきつつも、拗《す》ねているだけで本当に嫌いになったわけではないらしい。朝凪に限ってそんなことはないと思っていたが、可能性が消えたのでひとまず良かった。

先ほど借りた鍵を使って、倉庫の扉を開けて中へ。

漫画やアニメだと、こういう場合、薄暗い倉庫に閉じ込められて朝まで二人きり——というのが定番だが、実際は内側からも鍵は開けられるし、倉庫内には蛍光灯もあるので、そういうことは起こらない。

「みんなが集めた缶の確認と、中身の掃除だよね？　どこにあるのか聞いてる？」

「うん。天海さんの話だと、倉庫入ってすぐのところに黒いゴミ袋が……これかな」

あたりを見回すと、右手側に大量の黒いゴミ袋の山が。色別に分けているそうだから、カウント自体は難しくないものの、少し時間はかかるかもしれない。

「手分けしてやろうか。朝凪はそっちのヤツからカウントしていって。終わったら、今日使う予定の分だけ洗って教室に持っていくから」

「……うん」

色々話したいことは措《お》いておき、まずはやるべきことをやる。

「これは黒かな……うわ、中にタバコとか入ったままか……この分だと中身の掃除が大変そうだ。朝凪、そっちはどう？」

「こっちは大丈夫。多分、集めたグループによって洗ってる洗ってないありそうだから、汚いヤツはどかしておいて、まとめて水洗いしよ。あと、今後追加分を集める時のことを考えて、夕からみんなに注意してもらうよう言っておく」

「わかった、頼む」

「ん」

こうして一緒に作業すると実感するが、やはり俺と朝凪はすごく波長が合う気がする。俺がやろうとしていることのほとんどすべてをくみ取ってくれるから、一つ一つの作業がスムーズだ。

作業は順調だが、しかし。

「…………」

「…………」

ひととおり話すべきことが終わると、一気に倉庫内が静寂に包まれた。

カラン、カランと、俺と朝凪がもくもくと作業する音だけが響く。

……とても気まずい。

いつもの俺と朝凪なら、漫画や映画を見ている時はほぼ無言だし、なんなら途中で眠ってしまうぐらいなので、このぐらいの沈黙など、まったく気にしない。

だが、それはお互いに何のわだかまりもない時で、今とは状況が違う。

「あ……」

「う……」

作業している途中で、時折、朝凪と目が合っては、また逸《そ》らす。

こういう時、いつもどんな話をしていただろう。ピザロケットの新商品、B級映画、漫画の推しキャラ、新作ゲーム、後はたまに学校の話……朝凪との話題はだいたいこんなところだが、この状況で話したいのは、そういうことじゃない。

「……ねえ、前原」

「なに？」

「訊かないの？」

「訊かないのって、何を？」

「……その、私が前原のこと避けてる理由、とか」

「話したいの？」

「いや、話したくはない……けど。でも、いつまでもこのままじゃいけないってのは、ちゃんとわかってる。後は、夕とのことも」

俺も朝凪も、そして天海さんも、俺と朝凪の友達関係がバレたことによってできたヒビを、なんとか修復したいと思っている。

朝凪にとって天海さんは長年ずっと一緒にいる『親友』で、それは変わらない。

このまま疎遠になるよりは、仲直りしたほうが絶対良いに決まっている。

だが、その場合、どうしても訊かなければならない。

途中で打ち明けるチャンスはあったはずなのに、なぜ、朝凪が、天海さんに対して俺との友達関係を隠したままにしていたのかを。

「正直なこと、言うとさ」

「……うん」

「朝凪のこと、本当は聞きたいし、知りたいよ。そりゃ先週色々あったけど……でも、月曜日になったらいきなり避けられんだもん。そんなの、わけわかんないし」

「……ごめん」

「別にいいよ。友達だろうが親友だろうが、人には誰だって話したくない悩みはあると思うから。俺だって、両親の離婚のこととか色々、全部話してるわけじゃないし」

外野からは『なんだその程度で』と思われても、本人にとっては、れっきとした悩みなのだから。

「朝凪の気が少しでも楽になるなら、話し相手ぐらいにはなってやりたいと思うよ。……でも、本人がどうすべきか迷ってるのに、その前に色々と理由をつけて無理に訊くのは、やっぱり違うかなと思って」

疑問に思ったのなら単刀直入に訊けばよかったのだが、理由を知りたいと思う自分の気持ちと、それでも朝凪のことを尊重したい気持ちがせめぎ合って、結局、こんなことになってしまった。

優柔不断だし、意気地なしだと思う。人と話すだけでこんな余計なことばかり考えて行動に移さなかったから、俺はこれまで一人だったのだ。

「色々問い詰めたい気持ちはあるけど……でも、朝凪が言いたくないって言うんだったら、俺はもう訊くことはしないよ。少なくとも、朝凪が言いたくなるまでは」

「……前原、いいの？　もしかしたら、このままずっとだんまりかもしれないよ？」

「いいよ、それでも」

友達としては、ちょっぴり寂しい気持ちはあるが。まあ、その時はその時だ。

「というわけで、この話はおしまい。さ、さっさと作業の続きやっちゃおうぜ。遅くなると、クラスの奴《やつ》らがヘンに勘繰るから――」

「……いい」

「え？」

「私は別に……ても」

「……朝凪？」

朝凪のほうを振り向こうとした瞬間、ふわりとした甘い匂いと柔らかい感触に、俺は包み込まれる。

朝凪に後ろから抱きしめられている——そう気づいたのは、朝凪が俺の体に腕を回してから数秒遅れてのことだった。

「え？　え？」

「……前原の、バカ」

思えば、ここまで朝凪と密着したのは初めてかもしれない。

これまでも、頭を撫《な》でられたり、手を繋《つな》いだりといった程度のスキンシップはあったが、これに関してはやりすぎかもしれない。

背中に感じる温かな体温と、そして、制服の上からでもわかる朝凪の女の子の部分。

戸惑いつつも、徐々に俺の心臓の鼓動は速くなっていく。

「バカ、バカ。なんで前原はそんなに優しいの。優しいのは前原のいいところだけど、度が過ぎればただのバカなお人よしだよ。そんなんじゃ、悪いヤツにいつかつけこまれちゃうんだから……例えば、今の私みたいな卑怯《ひきよう》なヤツに」

「あ、あの……」

「ダメ。今はこっち向いちゃダメだから。向いたらマジでデコピンじゃすまないから」

「俺なにも悪くないのに……別にいいけど」

泣いている感じはないが、洟《はな》をしきりにすすっているので、もしかしたら瞳が潤むぐらいはしているのかもしれない。

「ねえ、前原」

「うん」

「今日は、なんかゴメンね。びっくりしたよね」

「本当だよ。俺なんかしたかなって、今日一日、ずっと不安で」

「怒ってる？」

「怒ってない、って言いたいけど……んなわけないだろ」

「あはは……だよね。前原は何も悪くないのに、いきなりだもんね。ホントごめんね」

ぎゅ、と朝凪の抱きしめる力が心なしか強くなった気がする。

とくんとくんと、朝凪の鼓動が、背中を通じて俺のほうにも伝わってきた。

「朝凪……話、訊いてもいいか？」

「いいよ。それで私が正直に白状するかはまた別問題だけど」

「言わないのかよ。流れ的に言うやつだろこれは」

「わかるけど。でも、私はほら、一筋縄ではいかない女の子だから」

「自分で言うな」

「えへへ、ひねくれた女の子ですいませんね」

「ったくもう……」

でも、今はまだこれでいいと思う。

それまでの気まずい雰囲気が、ゆっくりとほどけていく。

「……ねえ、前原」

「今度はなに？」

「もし私が全部白状するって言ったら、話、ちゃんと聞いてくれる？」

「聞くよ。元々そのつもりで、恥を承知でこうして呼び出したんだから」

「……結構長くなるよ？」

「ちなみにどのくらい？」

「ちゃんと話すんだったら、中学の時ぐらい……いや、もっと前かな」

わざわざ名門女子校から普通の共学校に来た時点で『もしかしたら』と思っていたが、どうやらそこらへんが発端になっているらしい。

しかし、話す気になってくれたのなら、こちらとしてもしっかり聞いておきたい。

多分、これから俺が触れることになるのは、朝凪の人間的にちょっと嫌な部分になるのだろう。そして、それには天海さんも大きくかかわってくるはずだ。

親友である天海さんにもずっと隠してきたであろう、本当の朝凪海。

それでも、俺と朝凪は友達だ。天海さんみたいに親友とまではいかないが、それでも、朝凪が自分の悩みを打ち明けようとしてくれるぐらいには、信用されていると思っている。

朝凪が俺のことを信頼してくれるのなら、俺はそれにきちんと応えてあげたい。

こういうのを、きっとバカのお人よしというのだろう。

「あのさ、この件、文化祭まで待ってもらうのってあり？」

「それは朝凪に任せるよ。そのほうが、都合がいいんだろ？」

「うん、多分だけど」

よくわからないが、朝凪がそうしたいのであれば、俺としては何も言うことはない。

「わかった。じゃ、作業に集中して、そっちは気長に待つよ」

「……ありがと、前原。ちゃんと話すから、もうちょっとだけ待ってて」

「んじゃ、作業に戻るか」

「そだね」

俺たちは再び作業に戻った。少々作業時間が長引いているが、空き缶の掃除をしていたとか、数が予想以上に多くてとか、クラスメイトへの言い訳はいくらでもできる。

「ん？　どした？　ほら、ちゃっちゃとやんなきゃ日が暮れちゃうよ」

「いや、それはわかってるんだけどさ」

もくもくと空き缶の数を数えている朝凪へ、俺は言う。

「どうして俺のそばで一緒の袋なの？　手分けしてやろうよ」

「手分けしても一緒にしても、結局作業時間は同じだし。なら、どっちかというと私はこっちかなって。……今は」

抱きしめていた腕は放してくれた朝凪だったが、元の場所には戻らず、俺にぴったりと肩をくっつけて作業していたのだ。

これだと逆に効率が悪いような気が……しかし、どうせ言っても今の朝凪は聞いてくれないだろう。まったく、甘えん坊というか、わがままというか、なんというか。

「……わかったよ。じゃあ、一緒にバーッとやっちゃおう」

「ふふ、ようやくわかってくれたか、世話の焼けるヤツめ」

「こっちが妥協してやってんだけど」

「細かいことは気にすんなよ～」

「うるさい、バカ」

「は？　そっちがバカだし。バーカ」

「……で、」

「あ〜、うっせうっせ。バカバカバカバカ」

幼稚園レベルの口喧嘩《くちげんか》だが、これがいつもの俺と朝凪である。

天海さんとのことがまだ残っているが、とりあえず、今のところは俺と朝凪の仲直りだけで良しとしておこう。

大丈夫。今の朝凪なら、天海さんともきっと仲直りできるはずだ。


その後は俺も朝凪も天海さんも、先日のいざこざなど気にする暇もないほどに慌ただしい日々を過ごした。

足りない作業時間の確保対応や、途中で足りなくなった材料の再補充、そして、前日の泊り込みによる追い込みなど……本当にあっという間に過ぎ去った日々だった。

そして、ついに文化祭当日。

「……で、」

「できたぁ……！」

色々と困難続きだったものの、それでもなんとか完成にこぎつけることができた。

屋上の柵に、間違いのないよう順番に紐《ひも》をしっかりとくくりつけ、ぶら下げる。設計図通りではあるものの、自分たちの手作りである以上、どうしても多少のゆがみは出てしまう。

　それでも、上手《うま》くいってくれればいいが。

「……夕、どう？」

　吊《つ》り下げた後、朝凪は、現場から離れたところにいる天海さんへ電話をかける。モザイクアートは遠くから見てこそなので、出来栄えのチェックだ。

　天海さんと他グループ数名は、その体をいっぱいに使って、

『O、K――』

　とジェスチャーしてくれた。

　その瞬間、ふっと全身から力が抜ける。

　時刻は午前八時を過ぎたところ。文化祭の開場は九時なので、ギリギリの完成である。

「なんとか終わったな……」

「だね……」

　俺も朝凪も文化祭で仮眠はとったものの、初めての泊り込みの作業や、時間との勝負で気持ちが張り詰めていたこともあって寝付けず。

　雲一つない秋晴れの陽光が目にしみる。

「前原……今の気持ちは？」

「もう文化祭どうでもいい、早く帰って寝たい」

「わかる……まだ寝ちゃダメなのはわかってるけど」

実行委員なので、あともうひと踏ん張りしなければいけない。文化祭中は校舎の見回り当番もあるし、終わってからも片付けの仕事は残っている。

それに、約束していたあのことについても。

「……話って、いつぐらいに話せる？」

「どうかな。多分、お昼ぐらいにはと思ってるけど」

ということは、午前中はゆっくりできそうだ。

喫茶店をやるクラスなどと違い、ウチの展示場所は関係者以外立ち入り禁止なので、見張り番を立てる必要もない。

初めての高校の文化祭……ちょっとだけ見て回りたい気もするが、それ以上に眠気が限界に来ている。

「前原、すごく眠そう」

「うん。瞼《まぶた》閉じたら数秒で落ちる自信がある」

「そんなにか。……でも、前原、頑張ったもんね」

「うん。俺、頑張ったよ」

自分で言うのもなんだが、よくぞここまでやり遂げたと思う。朝凪や天海さんがずっとサポートしてくれたのもあるが、それでも、展示物のネタ出しから、会議への出席、皆の意見のとりまとめに指示、学校側との交渉ｅｔｃ……ただ空き缶を集めてそれを展示物にするだけでも、その裏側では色々な調整が必要だった。

今までこういった活動には非協力的だった俺が、まさかこうして校内外を駆け回ることになるとは。自分でも、本当に驚いている。

「朝凪」

「……うん」

「こんな俺でも、ここまでやれたよ」

「うん」

俺みたいな引っ込み思案でも、腹をくくってしまえばできたのだ。

だから、同じことを、朝凪海ができないわけがない。

「いつもみたいに、堂々としてればいいんだ。ハズレくじを無理矢理《むりやり》押し通した時みたいなクソ度胸でどっしり構えて、天海さんに向かっていけばいい」

「うん、わかってる。わかってるけど……でも、もし、それで全部ダメだったら……」

俯《うつむ》いて、朝凪が不安を吐き出した。

これまでの付き合いで少しずつわかってきたが、朝凪は、一見何事にも動じないように見えても、ふとした時には、繊細で臆病なところが顔を出す。

見えない空気を必死に読んで、みんなのために自分を押し殺して——そうして、一人で思い悩んでしまう。

完璧ではない。彼女は、そういう一面も持つ女の子なのだ。

「……どうしよう、前原。私、今、すごいビビってる。全部話して、それで夕にも、それから前原にも引かれちゃったらどうしようって」

朝凪の手が小刻みに震えているのは、きっと肌寒い風のせいだけではない。

ここまで来て、俺が朝凪のことを嫌いになることなんてあり得ない。朝凪だって、それはわかっているはずなのに、それでも『もしかしたら』と考えてしまう。

片やリア充で、片やぼっちのコンビ。だが、周りの人の有無だけで、俺と朝凪は根っこのところは似ているのかもしれない。

なぜ、こんな似た者同士の二人が友達になるのに、ここまで時間がかかったのか。

いや、ここまで時間がかかったからこそ、俺と朝凪はこの短期間の間で、ここまで仲良くなれたのかもしれない。

「……朝凪、一つさ、お願いがあるんだけど」

「え？」

「朝凪が嫌じゃなければばで、いいんだけど」

俺は朝凪へ向けて手を差し伸べ、言う。

「……手、繋《つな》いでもいいかなって」

「え？　て、手？」

俺の言葉が意外だったのか、朝凪は自分の手と俺の手を交互に見つつ、ぱちぱちとしきりにまばたきしている。

「あ、いや……朝凪の手、なんか冷たそうだったから。あっためてやろうと思って」

「……もしかして、私のこと、元気づけようとしてくれてる？　生意気にも？」

「生意気は余計だ。やらなくていいんなら、別にいいけど」

「……そんなこと私は一言も言ってませんけど？」

そう言って、朝凪はすぐさま俺の差し出した手をとった。

そして、思っていた通り、朝凪の手はとても冷たくて。

「……へへ」

「なんだよ」

「前原の手、あったかいなあって」

「それはどうも。というか、朝凪の手が冷たすぎるんだよ。緊張しすぎだ」

「そうかも。じゃあ、リラックスしなきゃ」

手を繋いだまま、朝凪は顔を上げて深呼吸を繰り返す。

「すう……うん、ありがと。おかげでちょっとだけ落ち着いた」

「そっか。なら、もう大丈夫だな」

「うん」

朝凪の手の震えはおさまったので、もう手を放してもいい頃合いなのだろうが。

「朝凪、手、もう放してくれていいけど」

「ま、前原こそ、もういいよ」

「「………」」

互いの手の温度の違いを感じつつ、しばらくの沈黙の後。

「あのさ、朝凪」

「な、なに？」

「ここ意外と寒いし、もうちょっとだけこうしておく？」

「そう……だね。寒いし、今は二人だけだし」

そう言い訳をして、俺たちは、集合時間が来るまでそのままで過ごした。

すっきりとした秋晴れの空に学校のチャイムが響き、文化祭が始まりを告げた。

うちの高校の文化祭は隔年に一度ということで、わりと盛大に開かれる。近隣の駅や繁華街にも委員会の作成したポスターが貼り出され、SNSで宣伝したりもする。

始まってまだ間もないが、敷地内はそれなりの賑《にぎ》わいを見せていた。

「前原、本当に寝なくて大丈夫？　もし眠いんだったら、保健室使ってもいいって先生言ってたけど」

「このまま寝たら起きれなそうだし、これから見回りの当番もあるから我慢するよ。まあ、せっかくの文化祭だし、楽しむさ」

俺と朝凪含めた各実行委員は、緑の腕章をつけて見回りである。といっても、問題が起きるようなこともそうないので、大抵は校内を遊び回ることがほとんどらしいが。

そして、当然、俺と朝凪のペアもその御多分に漏れず。

「ねえ、前原。ほら、あそこ行ってみようよ」

「うっ、迷路お化け屋敷……俺、正直ああいうの苦手なんだけど」

「ゾンビとかホラー映画は好きなくせに何言ってんの。ほらほら、見回り見回り」

「だーっ、わかった、わかったからぐいぐい押すなって……！」

ということで、朝一の時間帯を担当することになった俺たちは、一番乗りで展示物のチェックと称して、普通に遊ぶことに。

他のお客さんに先んじて遊ぶことに若干の罪悪感はあるものの、まあ、そこは準備も含めて頑張ったご褒美ということにしておこう。

「あははっ、ちょっと物足りない感じもあったけど、そこそこ楽しめたね」

「だ、だな。まあ、所詮教室内での出し物だし」

「……の割には、途中私の腕にしがみついてきてませんでした？」

「は？　な、なに言ってんの？　それこそ霊の仕業じゃない？」

「へえ〜？　じゃあ途中で『朝凪、先行かないで……！』ってのもお化けのしわざなんだ？　随分怖がりなお化けさんなんだね？」

「うぐっ……」

「ふふ、前原ってば可愛《かわい》い」

傍《はた》から見るとどう考えても高校生カップルの立ち回りだが、緑の腕章があるおかげで、なんとでも言い訳ができる。

これはあくまで見回りで仕事。校内のチェックであって、デートとか、そういうやましいことは一切ありませんと。

……まあ、それなりに楽しいのは、否定しないけれど。


「前原、お疲れ。はい、ジュース」

「ん、ありがと」

仕事（？）を終えたところで、遅めの朝食も兼ねて、俺たちは休憩スペースで一休みすることに。

見回りは一時間ほどだが、それでもそれなりに遊べ……いや、仕事は果たせたと思う。

「天海さんは？」

「フード担当。混んでたから、ちょっと時間かかるって。とりあえず、これ飲んで待ってよ」

　外に用意されたパイプ椅子に腰かけて、朝凪の買ってきた飲み物を一口。

　炭酸だが、いつものコーラではなく、ケミカルな甘さと独特な風味が鼻を抜けていく。

「あ、これメロンソーダ」

「うん。いつもは飲まないけど、こういう時、なぜか選んじゃわない？」

「わかる。他と較《くら》べて圧倒的においしいわけじゃないけど、でも、この人工的に作られた緑に吸い寄せられるよな」

「映画館とか特にね」

「めっちゃわかる」

　コーラではなくメロンソーダ。やはり、朝凪はとてもよくわかっている。

「ねえ、そういえば前原は映画館とか行く人？」

「う～ん、どうしても劇場で見たいヤツ以外はレンタルが出るまで待っちゃうかな」

　映画館は好きだが、一人で行くとなるとちょっとだけ躊躇《ためら》ってしまう。

　一人で見に来ている人ももちろんいるが、大多数は友達だったり、恋人らしきカップルで埋まっていることが多い。なので、変な引け目を感じてしまうのだ。

「もしかして、今まで誰かと行ったこととかは……ないよね。確実に」

「断定するなよ……事実だけどさ」

「ふ〜ん、そうなんだ……それじゃあさ、」

朝凪がちらりとこちらの顔をうかがいつつ、言った。

「こ、今度の休みとか、さ……どう？」

「え？　ど、どうって」

「だから、その！……ち、ちょっとは察してよ、ばか」

「ご、ごめん……」

遊びのお誘いを受けていることはわかっている。話のついでに、じゃあ映画でも一緒に見に行こうかということだ。いつもは家のテレビなので、たまにはスクリーンで迫力を体感するのもいいだろう。

しかし、『休日に』、しかも『二人で』、だと、別の意味で意識してしまうというか。

「朝凪、それって、その……」

「う、うん……その……」

なぜだろう。

仲直りしてからというもの、二人きりでいると、時折変な感じになってしまう。

一緒に遊んで、大したことのない話で盛り上がるのは楽しいけれど、ふとした瞬間、朝凪のことを妙に女の子として意識して、こうしてドキドキしてしまうのだ。

それは多分、朝凪だって。

「で、どう、かな……？」

「あ、うん。俺は、朝凪が良ければ、いつでも……」

「——ごっめーん、海、真樹君！　色々あって、ちょっと遅くなっちゃった！」

「「…………」」

デートの予定が決まろうというところで、天海さんの声が俺たちの間に割り込んできた。

相変わらずタイミングがいいのか、悪いのか……俺と朝凪は、同時にため息を漏らした。

「夕、遅いよ」

「ごめんね、海。ちょっと途中で友達と話し込んじゃって……お～い、二人とも、こっちこっち～！」

そう言って、天海さんが手招きすると、他校の制服を着た女子生徒二人が顔を出した。

どちらも育ちのよさそうなお嬢様といった感じの子たちだが……もしかして。

「あ、真樹君に紹介しなきゃね。こっちの二人は私と海の小学校時代からの友達で——」

「——違うよ、夕」

二人の旧友の姿を見た朝凪が、ふるふると首を横に振る。

「夕にとってはそうだけど、私にとっては、もうそうじゃない——だって、二人とも、私のこと、そんなに『友達』だなんて思ってないんだから……ね？」

「え？　あっ――」

その言葉と、朝凪を見て体をこわばらせる二人の様子で、天海さんも気づいたようだ。

「朝凪、いいのか？」

「うん。予定よりちょっと早くなっちゃったけど……聞いて、前原。これから話す、私のちっぽけな劣等感の話を」

5. これからも、これからは

※※※

私、朝凪海《あさなぎうみ》が天海夕《あまみゆう》と出会ったのは、今から七年ほど前。

授業が終わり、いつものように友達と帰っていると、一人で肩を震わせていた小さな背中を見つけたのだ。

一目見て、ものすごく可愛い子だと私は思った。キラキラに輝く金色の長髪に、びっくりするぐらい白い肌。すぐさま、私は声をかけた。

「な、なに……？」

おずおずとこちらを見た女の子は、まさしくお人形さんだった。ビー玉でも入っているんじゃないかと思うほど丸く、そして、とても澄んだ青い瞳をしている。

「私、海っていうの。朝凪海。あなたは？」

「え？　えと……私は夕、天海夕……です」

「夕ちゃんっていうのね。何年生？」

「三年生……最近、引っ越してきて」

私より身長が低かったので年下かと思ったが、同い年だった。そういえば転校生が来たって、別のクラスの友達が言ってたっけ。ということは、この子がきっとそうだ。

「どうして一人で帰ってるの？　同じクラスの友達は？」

「友達は……あの、その、」

「いない？」

私の問いに、夕が小さく頷《うなず》いた。

意外だ。こんなに可愛いなら、あっという間にひっぱりだこになりそうなものだが。

「私、転校する前からずっとみんなから避けられてて……髪の色とか、目の色が違うからって……だから、こっちでもきっとそうなっちゃうんだって思って、怖くて……」

そこから彼女は少し前の学校の話を聞かせてくれたが、感想としては、まあひどいものだった。話を聞くだけで怒りを覚えるほどに。

みんな似たような見た目のクラスの中で、一人まったく違う子がいるとなれば目立つだろうが、だからといって、それでのけ者にしたりなど許されることではない。

「そうなんだ。じゃあ、これからは私と一緒に帰りましょ？」

「え？」

私の言葉に、夕がぽかんとした顔で返す。

そんなに意外だったろうか。困っている子がいたら、助けてあげる。

他の子はともかく、私にとっては、当然のことだ。

「だって、一人で帰るなんて寂しいじゃない。それとも、私とはイヤ？」

「そ、そんなこと……でも、いいの？」

「それは、どういう意味で？」

「……だって、私みたいなのと付き合ったら、朝凪さんまできっと――」

「いいよ、私は別に」

そう言って、私は両手でしっかりと、包み込むように夕の手をとった。夕は少しびっくりしているようだが、私はそれでもその手を放すことはしない。

「もしのけ者になったとしても、私は一人じゃない。……だって、目の前に友達がいるから」

「朝凪さん……」

「海、でいいよ。私も今から夕って呼ぶし」

声をかけた時点ですでに決めていた。私は、この子を絶対に独りぼっちにさせないと。

「ねえ、夕」

「なに？　海ちゃん」

「ちょっとだけでいいから、笑ってくれない？」

「ええっ……!?　そんないきなり……は、恥ずかしいよ」

「お願い。私にだけ、こっそり。ちょっとだけでいいから、夕の可愛《かわい》い笑顔が見たいな」

「う、う〜……じゃ、じゃあ、ちょっとだけね？」

誰もいない路地裏の細い道で、夕は、私に向かって、ぎこちなく微笑《ほほえ》んでくれた。

「かわいい」

それを見た瞬間、思わずそんな感想が口から漏れた。そして、同時に思う。

この子は、こんなふうに道の端っこで暗い顔をさせていい子じゃない。ふわりと揺れる金色の髪のように、きらきらと可愛い笑顔で、みんなを明るく照らすべきなのだ。

「じゃあ、一緒に帰ろっか、夕」

「うん、海ちゃん」

「ちゃんづけなしだよ、夕」

「じゃ、じゃあ、う、海……」

「よし、オッケー。ちゃんと言えたじゃん。えらいえらい」

「そうかな？　えへへ」

こうして晴れて友達同士になった私と夕。それが、この話の始まり。

　翌日、私はすぐに夕を、他の友達に紹介することにした。

紹介するのは、二取紗那絵《にとりさなえ》と、北条茉奈佳《ほうじょうまなか》。小学校入学の時から特に仲良くしている二人で、登下校はいつも一緒である。

「ほら、夕」

「う、うん。でも……」

「大丈夫、二人とも私の友達で、いい子だからさ」

　昨日の今日で別の友達を紹介するのもどうかと思ったが、こういうのは早いほうがいい。現に、今の時点で、夕は私にべったりなのだ。あんまり時間を置きすぎると、引っ込み思案な夕の性格上、私以外の友達を作らなくなってしまうかもしれない。

　できるだけ夕とは一緒にいてやりたいけれど、いつ何時も、というわけにはいかない。一緒にいられない時のために、味方は多くいたほうがいいと思うから。

「……三年一組の、天海夕っていいます。あの、よろしく、お願いします」

「うん、よろしくね。夕ちゃん」

「よろしく。すごい綺麗《きれい》、かわいい」

　もちろん、紗那絵と茉奈佳は、夕のことを受け入れてくれた。

　というか、事前に仲良くしてくれるようお願いしていたのだが。

「よかったね、夕」

「うん、ありがとう。海のおかげで、新しい友達が二人もできちゃった」

自慢になってしまうが、私はそこそこ交友関係は広い。紗那絵と茉奈佳と一緒にいることが多いが、他のクラスにも付き合いのある子は当然いる。

私が中心となっているグループの輪の中に入れてしまえば、二人どころじゃなく、もっといっぱいの友達と一緒に日々を過ごせるだろう。

そう確信していたし、そして、私の予想通りそうなっていった。

夕は、みんなの前でも明るく笑うようになった。以前の学校で失《な》くしていた自信を取り戻し、そのとびっきりの笑顔で、皆を照らしていったのだ。

そこまでは、私の予定した通りだった。夕の隣にいる私も、時が経《た》つにつれてどんどん可愛くなっていく彼女を見て、誇らしい気持ちになっていた。

そこまでは、とても順調だった。

……そのはず、だったのに。

おかしいな、と私が思い始めたのは、中等部に進級したあたりのころ。

夕と出会って数年。私が思った通り、夕は私とともにクラスの中心、いや、学年の中でも中心といってもいいほどの存在感を放っていた。

おかげで私は影が薄くなってしまったものの、だからといって夕に嫉妬するようなことはなかった。自分の価値は、容姿ではない。別のところにあるのだから。

「おはよう、海っ！」

「わっ——と、ちょいちょい、いきなり抱き着くんじゃないよ。どこのワンワンかっての……まあ、可愛《かわい》いからよしよししてあげるけど」

「えへへ～」

夕はというと、大人びつつある外見と裏腹に、相変わらず私にべったりだった。他人に人見知りをするようなことはないものの、それでも私といると、友達になりたての時のような、無邪気な顔で笑いかけてくれる。

「紗那絵、茉奈佳、おはよ」

「おはよう、海ちゃん」

「おはよ～」

紗那絵と茉奈佳に関しては、特に変化はない。仲良しだが、だからといって夕みたいにベタベタすることはない。というか、それが普通で、夕がちょっと甘えん坊すぎるのだ。

「あ、そうだ夕、アンタ今日日直じゃない？　先生から日誌もらってきた？」

「え？　……あっ、そうだ」

「もう。ほら、早く行ってきな。遅くなると、先生に怒られるよ」

「う、うんっ。みんな、ちょっと行ってくるねっ」

夕はそう言って、ますます輝きを増すブロンドをなびかせ教室を出て行く。

ただ日誌をとりに行くだけ。ただそれだけなのに、まるで花から飛び立つ蝶《ちょう》みたいに、
夕は画《え》になった。クラスメイトたちも、夕のそんな姿に見惚《みと》れているようだった。

「あ、そだ。ねえ、二人とも。来週の休みなんだけど、土曜か日曜って空いてる？」

「土日？　え〜っと、どうだったかな……」

「習い事次第って感じだけど、どうして？」

「へへ、実はね」

私は制服のポケットからあるものを取り出した。近日公開予定の、映画の無料招待券。

お母さんが知り合いからもらったらしく、友達と一緒に行って来ればと譲ってくれたのだ。

「四枚あるから、私たちで行かない？　その後、どっかで遊んでさ。どう？」

実は中学に入ってから、いつもの四人で遊ぶことが減っていた。紗那絵と茉奈佳はそれぞれの習い事で忙しく、一人欠けたり、両方ともいなかったりということがしばしばだったのだ。

そういうことが頻繁にあると段々テンションも下がってくるものだが、それでも私はマメに誘うことにしていた。

遊ぶ回数が減っただけで友情が薄れるとは思わないが、それでも、やっぱり皆で遊んで、たまにはその友情を確かめたかったから。

「え〜っと、土曜……日曜……あ〜、っと……」

「来週は、ちょっときつそうかな」

もしかしたら、と思っていたが、やはり二人とも都合が良くないらしい。

「ごめん、海ちゃん。せっかく誘ってくれたのに……」

「いいよいいよ。二人とも外せない用事なんだから、そこは仕方ないさ」

私は、申し訳なさそうな表情を浮かべる二人の肩を、気にするなとぽんぽん叩《たた》く。

映画のことは残念だけど、また次の機会がある。それに、友達は逃げないのだから。

「あ、遊ぶんだったら、再来週の日曜とかどう？　そこなら私、空いてるよ。茉奈佳は？」

「うん。私も、親にお願いしてみる。たまには息抜きさせてくれって」

ほら、私の思った通りだ。こうして動けば、なんとかなるものだ。

「──おっ待たせ〜！　日誌、ちゃんと先生からもらってきたよ」

「お、噂《うわさ》をすれば。じゃ、また集合時間とかは連絡するよ」

ちょっと寂しい気もするが、映画は私一人で行こう。夕と一緒に行ってもよかったが、それだと二人に悪いし、たまには一人で見るのも悪くないかもしれない。

そんなわけで、休みの日、誰にも内緒で街に繰り出したわけだが、そこで、私は自分の間の悪さを呪うことになる。

それは、当日。いつもより遠出して映画館へと向かっている最中のこと。

その場所にいないはずの声が、私の耳に飛び込んできた。

「夕ちゃん、ほら、次はあそこ行こ」

「あ、待ってよ、二人とも……」

瞬間、心臓が、きゅっと締め付けられるような感覚がした。

聞こえてきた声は、三人分だった。

紗那絵、茉奈佳、そして夕。

夕はともかく、なぜあの二人がここに。二人は用事があるのではなかったのか。

速くなる心臓の鼓動をなんとか落ち着け、私は物陰から三人の様子を眺めた。

「どうしたの、夕ちゃん？　浮かない顔して……楽しくない？」

「え？　ううん、普段来ないところだからとっても楽しいけど……でも、海がいないのがやっぱり寂しいなって」

「だ、だね……！　でも、しょうがないよ。海ちゃん、今日はなんか忙しいらしいし」

「うん。私も海に訊《き》いてみたけど、この日はダメだって言ってた」

違う。紗那絵と茉奈佳の二人に用事があったから、私は夕にそう言っただけなのに。

なんで、どうして私が仲間外れになっているのだろう。

「嘘《うそ》、ついたんだ……」

そう思ったら、目の奥がかっと熱くなった。

理由はわからないが、私をのけ者にして、いつもと違う場所で夕と遊んで。

……許せない。

私は二人を問い詰めてやろうと思った。どうして私をのけ者にしたのか、友達と思っていたのは私だけだったのか。私のことが嫌いになったのか。

沸騰した頭の中で、そんな言葉がふつふつと浮かんでいく。

しかし、それでも私の足は、薄暗い物陰から一歩たりとも前に進まなかった。

「っ、なんで……！」

最後のところで、私の理性が怒りを抑えた。

ここで爆発したら、きっと全部が壊れてしまう。感情のままに突っ込んで怒りを晴らすことと引き換えに、これまでの四人の関係がなくなってしまうのでは、と。

その瞬間、私は怖くなった。

「……見なかったことに、しなきゃ」

私は自分にそう言い聞かせた。してしまった。今回のことは悲しいし怒りもあるが、我慢すれば、それで友達関係はひとまず守られる。夕のあの笑顔を曇らせずに済む。

夕はあのままでいい。彼女は何も知らなくていい。

夕にはいつものように笑っていてほしい。

そう思った私は、三人に見つからないよう、何もせず逃げるように帰宅した。

何かの滴で滲《にじ》んでしまった映画のチケットは、ビリビリに破いて、コンビニのゴミ箱に丸めて捨てた。

結局、嘘をつかれたのはその日の一回きり。しかし、信じていた友達に一度でも嘘をつかれたショックは想像以上に大きかったらしく、表面上の付き合いを続けるうち、ついにそれに耐えられなくなった。人知れず、私の心は限界を迎えていた。

それが、ちょうど中三の秋あたり。高等部にそのまま進学するはずだった私は、両親に事情を話して、近くの共学校——つまり、今の高校に進路を変更した。

※※※

「——とりあえず、ここまでが高校に入る前の話、かな」

朝凪がそこでようやく一息つく。前日から何を話すのかきちんと考えていたのだろう、中学時代の二人のことを知らない俺にもわかりやすく話してくれた。

こんな時でも、朝凪は朝凪らしかった。真面目すぎた。

ちなみに二取さんと北条さんには席を外してもらうよう俺からお願いしたが、これは正解だった。今この場にいたら、天海さんが二人を責めかねないと思ったからだ。

そんなことは、きっと朝凪だって望んでいないはず。

「そんな……じゃあ、進路変更した時、学費がきついからって言ってたのは、」

「嘘だよ。もっともらしい理由はつけたけど、本当はただ逃げたかっただけなんだ。まあ、結局夕もついてきちゃったけど」

「そんなの……だって、海は私の親友じゃん。紗那絵ちゃんと茉奈佳ちゃんも大事だけど、でも、私にとっての一番は海だもん。親にはめちゃくちゃ怒られたし、試験勉強なんか大変だったけど、それでも海がいない高校生活だなんて、私、絶対嫌だったから」

天海さんがそう思うのは、無理もない。

独りぼっちだった天海さんの背中を朝凪が見つけなければ、そして手を差し伸べなければ、天海さんはどうなっていたかわからないのだから。

「夕、今、一番って言ったよね？」

「え？　う、うん」

「……それが、多分ダメだったんだよ。夕にそう言われるのは嬉《うれ》しいけど、でも、逆にそれが仇《あだ》になっちゃった」

「え？」

「──実はさ、紗那絵と茉奈佳の二人には、卒業式の時に訊いたんだよね。『なんであの時嘘なんかついたの？』って」

だから、あの二人は、朝凪を見た瞬間、気まずそうな顔をしたわけだ。

「私以上に夕となんとか仲良くなりたかったから——そう、あの二人は言ったの。当時の夕って、人気者ではあったけど、プライベートの交友関係はほぼ私一人だったから、他のクラスメイトたちから羨ましがられたりしてたんだよね。

紗那絵も茉奈佳も、すぐ近くでそれを見てたから、『じゃあ私たちも』って。出来心だったんだって謝られたよ。まあ、私には全部言い訳にしか聞こえなかったんだけど」

人気者と仲良くしていると、つい自分も偉くなったように錯覚してしまう——当時の二人が陥った心境は、そんなところだろうか。

天海さんとの仲を取り持ったり、または遊びの約束などを取り付けたりで感謝されれば、確かに二人にとってはさぞ鼻が高いことだろう。

でも、そのためには、朝凪からなんとかしてその役割を奪わなければならないわけで。

「夕がどんどん本来の自分を取り戻していく一方で、私がどんどん輪の中心から外れていくのは感じてた。いつもは私に話しかけてくれた子が、だんだん夕のほうばっかりに話しかけるようになって……」

それまで自分が頑張って作り上げたものが、気づいた時には自分のものでなくなっている。そんな状況、想像するだけでも嫌になる。

朝凪は、その気持ちをずっと一人で抱えてここまで来たのだ。

「でも、そうなったのは全部自業自得なんだよね。だって、夕にそんなふうにしろって言

ったのは、願ったのは私だもん。それを今更止《や》めろだなんて、昔みたいに独りぼっちの寂
しい人間に戻れだなんて、そんなの絶対言えないよ。……言えるわけないじゃん」
今回の件、天海さんは何も悪くない。ただ天海さんは天海さんらしくしているだけで、
本人が認めた通り、悪いのは朝凪なのだ。
話しかけなければ、助けなければ、朝凪はずっと自分の作ったコミュニティの中心にい
られた。でも、それだと天海さんを救うことができなくて。
どうして、こうなってしまったのだろうか。
「朝凪、じゃあ、天海さんに俺のことを言わなかったのは、もしかして……」
「……うん。頑張って作った友達をとられたくないって思っちゃったから」
秘密にして、天海さんから俺を遠ざけておけば、その可能性を限りなく低くすることは
できるだろう。加えて、俺も交友関係を広げたいと思っていなかったから、朝凪的にはさ
らに都合がよかったはずだ。
クラスの雑音を避けたい俺と、過去の経験から同じ轍《てつ》を踏みたくなかった朝凪。
それが上手《うま》く嚙《か》み合って、これまでずっと維持されてきた秘密の友達関係だったが、そ
れも軌道修正を余儀なくされてしまった。
「ねえ、夕」
「……なに？」

「私のこと、好き？」

「あ、当たり前じゃん！　初めて会ったその時から、ずっと大好きな親友だよ！」

「だよね。私も、夕のこと、今でも本当に大好き。……でも、それと同じくらい、私は夕のことが嫌い、かな」

「海……」

好きだけど、嫌い。

矛盾しているようだが、その朝凪の気持ち、今なら理解できる気がする。

「……ごめん、ちょっと頭冷やしてくる」

「！　海、待って――」

「大丈夫。もう逃げたりとかしないから。……でもごめん、ちょっとだけ時間が欲しい」

そう言って、朝凪は昼時でごった返す人混みの中に消えていく。

どこに行ったかは、だいたい予想はつく。校舎の中も外も多くの人がいる中、一人で頭を冷やせる場所なんて、どう考えてもあそこしかありえない。

「天海さん、俺、朝凪を追いかけるよ。アイツとは、まだ話してないこともあるし」

「真樹《まき》君……うん、わかった。海のこと、お願いね」

一人にして、と朝凪は言ったものの、それは天海さんに対してで、俺にはおそらく何も言っていない。なので、俺が追いかけても問題はないはずだ。

またバカとかなんとか言われるのだろうか。まあ、朝凪にだったら別にいいんだけど。

思った通り、朝凪は屋上にいた。

「よ」

屋上の柵につかまって、ぼんやりと下を眺めている朝凪に声をかける。

「なに黄昏《たそがれ》てんだよ。らしくないぞ」

「うるさい。ってか、私一人にさせてって言ったじゃん。耳ついてないの？」

「じゃあ、次からはちゃんと内側から鍵をかけること。隔離できる手段があるのにそれをしないってことは、追いかけてきてくださいって言っているようなもんだ」

「……前原《まえはら》のバカ」

「はいはい。ほら、ティッシュあるから、これで顔綺麗《きれい》にしとけよ」

「ん……」

朝凪は俺の手からポケットティッシュをひったくり、そのまま洟《はな》をかんだ。

今日の朝凪は、いつもと違って本当に泣き虫だ。いや、もしかしたら、普段は一生懸命頑張っているだけなのかも。

「朝凪は、やっぱりすごいヤツだよ。よく今まで、それだけのもの背負いこんだまま普通にいられたよ」

こうして吐き出されるまで、俺も、そして天海さんですら全く気づかなかった。

友達に裏切られたことによる不信感、自分の周りからどんどん人がいなくなっていく焦燥感、孤独感。さらに、親友である天海さんに対する劣等感まで。

俺だったら、きっと耐えられずに塞ぎこんでいただろう。

「頑張ったよ、朝凪は。えらい」

「……そうだよ、私はよく頑張ったんだよ。だから、もっと私のこと褒めてよ」

「うん。そうするよ」

そうして俺は朝凪の頭を撫《な》でる。いつか、俺が朝凪にしてもらった時と同じように。

「……あ〜あ、本当に全部言っちゃった。今までのこと、好きとか嫌いとか、全部全部……しかも言ったところで全然スッキリもしないし。最低だ、私。ほんともう最悪」

「朝凪は自分のことが嫌いなのか？」

「当たり前じゃん。結局、私は夕に、自分がやられて嫌だったことをやったんだよ。前原とのことを秘密にして、嘘《うそ》ついて、自分だけ前原と楽しく遊んで……こんな人間、どうやって好きになれっていうの」

しかも、一度だけでなく、何度も。

だが、そうさせてしまったのは俺のせいでもある。天海さん含めたクラス全員に秘密にしたいと言ったことで、朝凪が嘘をつきやすい状況をつくってしまったのだから。

「……朝凪は、これからどうしたい？」

少し落ち着いたところを見計らって、俺は本題を切り出した。

「……それ、どういう意味？」

「天海さんと、これからどうしたいかってことだよ。今まで通りでいくのか、一旦距離を置きたいとか、色々」

　言ってしまった言葉は今さら取り消せないし、あふれ出てしまった気持ちは元には戻らない。だからこそ、これからどうしたいか話さなければならないのだと思う。

　朝凪と天海さんのこと、それから、俺とのことについて。

「……前原はどうして欲しい？」

「逆質問か……まあ、切り出したから言うけどさ」

「……うん」

「いったん距離を置いたほうがいいかなって、俺は思ってる」

「それは……どっちのほう？」

「俺と朝凪」

　天海さんにバレた時から、実はずっと考えていた。

　お互いの性格上、今後二人で遊ぶことになっても、おそらく純粋に楽しむことはできなくなるだろう。今までは嘘で誤魔化《ごまか》していた天海さんへの罪悪感が、必ずどこかでちらついてしまうからだ。

だから、いったん俺と朝凪の関係をリセットする。朝凪には天海さんとの仲直りを優先してもらって、その後は、色々落ち着いてから考えればいいのだ。

「あ、距離を置くっていったって、少しの間だけ二人で遊ばなくなるってだけで、友達をやめようって言ってるわけじゃないから、そこは勘違いしないこと」

「前原、でもそれじゃ……」

「一緒のクラスだから、これから何度だって顔を合わせるし、いつもこそこそやってるようにメッセージのやり取りだって続けられる。実行委員でちょっと仲良くなったって口実もあるから、クラスで二人で話してたとしても言い訳なんか……」

「前原っ！」

「っ、なんだよ」

「前原、自分のことだけわーっと話しすぎ。私の話も、ちゃんと聞いて。ね？」

「あ……」

朝凪に指摘されて、俺は冷静さを取り戻した。

一番大事なのは朝凪の気持ちだというのに、話をしたいと言っておいて、結局は自分の意見を朝凪に押しつけようとしていた。

「……ごめん。ちょっと俺もテンパってた」

「ううん。私こそゴメン、自分のことに精一杯で、前原のこと全然考えてあげられてなかった。前原が私以上にいっぱいいっぱいなの、わかってたはずなのに」

その通りで、俺にしてみれば、こうして友達ができたのも初めてであれば、人間関係のトラブルの当事者になるのも初めてである。

そんな俺が天海さんと朝凪の長きにわたる問題を解決できるなんて、思い上がりもいいところなのだ。

「前原、ほら、手握って。んで、深呼吸」

「……うん」

言われた通りに、二回、三回と大きく深呼吸する。

朝、俺が朝凪にしてあげたのと同じように。

「どう？　落ち着いた？　これ何本に見える？」

「三本……って、俺別に頭打ってないから」

「あはは。もう大丈夫そうだね。でも、手はもうちょっと握ってよっか」

「……まあ、うん」

そして結局、朝凪に慰められてしまっている。

天海さんに格好《かっこ》いいことを言ってきたくせに、いざ朝凪の前にきたらこんなふうに甘えて……俺、やっぱり格好悪い。

「前原、一つ訊いていい？」

「……なに？」

「正直な気持ち、聞かせて。……私と遊べなくなったら、寂しい？」

「……え、と」

今更強がったところで朝凪にはお見通しなので、正直になることにした。

「……寂しいよ、そんなの。決まってるじゃん」

強がったところで、本音は変わらない。

今まで、俺は一人のほうが性に合っていると思っていた。憧れがなかったわけではないけれど、人付き合いなんて面倒くさいことばかりで、ろくなことがないと。

だが、それは間違いだった。俺はただ気の置けない誰かといる時の心地よさを知らずに生きていただけで、決して孤独に強いわけではなかったのだ。

もちろん、友達付き合いをする上で面倒事はあったけれど、それでも、これまで朝凪と一緒に過ごした時間はとても楽しかった。面倒事も全部笑い話にできた。

距離を置いたからといって、俺と朝凪の友達関係が消えるわけではない。

しかし、それでも、寂しいものは寂しい。

「ねえ、前原」

「……うん」

「前原は、これからも私とこの関係を続けたい？」

「……続けたいし、朝凪には天海さんともちゃんと仲直りしてほしい」

「うわ、それ大分わがままじゃん。さすがの夕も、それはちょっとキレちゃうかも」

「わかってるよ、そんなこと。だから距離置こうって言ったんじゃんか」

「だね。夕にはずっと嘘をついてたわけだから、その辺のケジメはつけなきゃ、私も前原も、先に進めないしね」

天海さんに今までのことを全て許してもらい、その上、これからも朝凪と都合のいい関係を続けたいだなんて、あまりにも虫が良すぎる。

そういうところも、きちんと考えなければならない。

「でも、前原の気持ちはわかったよ。ありがとね、素直に教えてくれて」

「そりゃどうも。……で、どうするか決まった？」

「うん。まだちょっと迷ってるけど……でも、これが私たちにとっても、夕にとっても、いい選択だって信じてる」

すでに腹をくくったようで、落ち込んでいた朝凪の顔はどこかへ消え、いつものクールな朝凪海に戻っている。

「わかった。じゃあ、天海さんのところに戻って、ちゃんと謝ろうか」

「うん」

俺は朝凪の手をとって、天海さんのもとへと急ぐ。

彼女にしっかり二人の仲を見せるため、繋いだ手はずっとそのままでと決めて。

先ほどの場所へ戻ると、天海さんが俺たちのことを笑顔で出迎えてくれた。

「お帰り真樹君。ありがとう、海のこと連れてきてくれて」

「まあ、このくらいは。……朝凪、ほら」

「うん」

名残惜しそうに俺から手を放した後、海が天海さんの前に。

「海、真樹君と随分仲良しさんになったんだね？」

「……うん。こうなったのはつい最近だけど。でも、大切な友達だよ」

「それって、私よりも？」

「夕も前原も、どっちも同じくらい大事。優劣なんかないよ」

決心がついたおかげか、朝凪の弱気はすでにどこかへと引っ込んでいる。

心配だったが、これなら後は見守っているだけでよさそうだ。

「――夕、今までウソついて、前原とのこと隠してて、本当にごめんなさい」

そう切り出して、朝凪は天海さんに向かって深く頭を下げた。

気の置けない親友だからこそ、なあなあにはせず、しっかりと、真摯に。

「……本当だよ、海のバカ。私、ずっと怖かったんだから。もしかしたら、海はもう私のことなんか友達じゃないって思ってるのかもしれないって。真樹君のほうが頭もいいし、優しいし、私みたいなただ可愛《かわい》いだけのお人形さんよりも大事なんだって」

朝凪と同様、天海さんもまた、笑顔の裏に人知れず抱えていた不安があったようだ。

親友が自分から離れていくかもしれないという恐怖は、友達ができた今の俺なら少しは理解できる。

「ごめんね、夕。親友にそんな思いさせちゃって。私、本当にバカだ」

「それなら私だってそうだよ。海の悩みに気づいてやれなくて、ずっと海に頼りっぱなしで……だから、私も謝らないと」

手を取り合った二人の瞳にはうっすらと涙が滲《にじ》んでいる。

以前のような関係に戻るのは難しいかもしれないが、それでも、二人には以前のような親友に戻って欲しいと、俺はそう思う。

「……夕、私ね、しばらく前原とは距離を置こうと思ってるんだ」

「え……？」

その言葉に天海さんの視線が、俺のほうへと向けられる。

それでいいの？　と言いたげだが、俺はしっかりと頷《うなず》いてみせた。

「真樹君、本当にそれでいいの？　海の『しばらく』って、多分、一週間二週間の話じゃないんだよ？　一か月とか、二か月、下手したらそれ以上……」

「そうかもね。朝凪って変に頑固なとこあるから」

しばらく、ということで明確に期間は設定していないが、朝凪の性格上長くなりそうな気がする。今まで楽しい時間を過ごせていたから、それがなくなるのは正直寂しいが。

「それでも、真樹君は海の言うことに従っちゃうんだ？」

「うん。今回はどうあっても、俺は朝凪の考えを尊重しようと思う」

「そっか……」

俺と朝凪、二人の決意が変わらないのを確認して、天海さんは続ける。

「海も真樹君も……二人とも揃《そろ》いも揃って、本当にバカなんだから」

反論のしようもなく、そうだと思う。天海さんが『許す』と言ってくれているのに、俺たちは『許さないで』とお願いしているようなものなのだから。

「ごめんね、夕。でも、そうでもしないと、私自身が前に進めない気がするから。口だけの『親友』じゃなくて……夕と本当に『対等の友達』になるために」

「海……」

天海さんと違って、朝凪は心のどこかで天海さんのことを信用していなかったのだと思う。今にして考えれば、二取さんと北条さんとのいざこざを相談しなかったのも、そんな心の表れだったのかもしれない。

「ねえ、夕」

「なに？」

「こんな頑固で、バカで、劣等感丸出しで、その上ずっと夕にひどいことしてて……こんな私だけど、改めて友達になってくれますか？」

朝凪は、そんな自分を反省して、変わろうとしている。

自分一人で抱え込まず、恥ずかしいところや嫌なところをさらけ出して、天海さんと今度こそ、本当の友達になろうとしているのだ。

「友達……親友じゃなくて？」

「うん。ちゃんと対等な関係になるところから始めて、親友になるのはその後かなって。まだちゃんと友達にもなってないのに、いきなり親友っていうのは、おかしいでしょ？」

そのために、俺との予定をすべて天海さんのほうに振り分け、関係の修復を図る。

それが、俺との距離を置く本当の目的だった。

「海、本気なんだね？」

「うん。今回ばかりは嘘《うそ》じゃないよ。……絶対に」

「もう、しょうがないな……」

目を逸《そ》らすことなく答えた朝凪に、天海さんは大きく息を吐き出す。

朝凪の決意が揺らがないことがわかって、折れてくれたようだ――

「……なんて、そんなのダメに決まってんじゃん」

——と思いきや、天海さんから予想外の返答が戻ってきた。

「え？　夕、どうして」

「だって、それじゃあ真樹君が可哀想《かわいそう》じゃん。真樹君だって友達の海と一緒に遊びたいのに、それを私が独り占めなんて……そんなの、私と真樹君の立場が入れ替わっただけじゃん。そんなのダメだよ、絶対」

「でも、それじゃあ今と何も……」

俺と朝凪の関係はそのままに、天海さんとも仲直りをして——それは、いくらなんでも天海さんがお人よしすぎやしないだろうか。

「ふふん、大丈夫。その代わりに、私から二人にお願いしたいことがあるから」

「え？」

どうやら天海さんには、この問題を一発で解決できる名案があるらしい。

朝凪と天海さんの双方が納得できるだけのケジメのつけ方が。

「ねえ二人とも……私が真樹君の家に突撃した日のこと、覚えてる？」

「それはまあ……ねえ、前原？」

「うん、まあ、あれはね……」

文化祭の準備にかこつけて二人で隠れてじゃれ合っていたあの時、インターホンに映った天海さんには本当に肝を冷やした。寂しそうに微笑《ほほえ》む天海さんの顔は、今でも鮮明に思い出せる。

「私に隠れて、あの時の二人はいったい何をやってたの？　海と真樹君の秘密のお遊びの続き、私、見てみたいな？」

いつもの天使のような微笑みが、この時だけは小悪魔のように感じた。

文化祭が終わって数日後、缶の廃棄など、展示物の後片付けが一段落したところで、それは決行されることになった。

――ピンポーン。

「……はい、前原ですが」

『やっほー、真樹君』

「……あの、どちら様でしょうか？」

『こら～！　いい加減あきらめて扉を開けなさい～！』

そのままエントランスに居座られるのも近隣に迷惑なため、ひとまずは家に上がってもらうことに。

今日一日、ずっとテンション高めだった天海さんと、それから、その隣でずっと頬《ほお》をほんのりと朱に染めていた朝凪。

「……よっ、前原」

「……よ、よう、朝凪」

そうやって、俺と朝凪は、いつもやっているように挨拶を交わす。

天海さん提案による罰ゲームは、この時点ですでに始まっていた。

「んふふ～、今日の私は空気だからね。二人とも、空気なんか気にせず、いつものように
リラックスしてくれればいいから」

天海さんはテーブルの前に腰を下ろすと、ソファに肩をくっつけて座る俺たち二人の様
子をニヤニヤとした表情で眺めている。

……彼女が楽しそうで何よりだ。

「お互いに了承済みではあるけど……いざとなると、やっぱり緊張するな」

「う、うん……ってか、私たちって、あの時何やってたっけ？」

今までのことをチャラにするため、天海さんが、俺と朝凪に課したこと。

『二人でいつもどんなことをしているのか、自分が見ている前でやってほしい（しかも、
自分がその場にはいないと仮定して）』――要約すると、こんな感じのお願いだった。

「とりあえず――喉渇いたからコーヒーでも……えっと、いつものでいい？」

「う、うん。あ、でも今日は牛乳と砂糖うんと入れて欲しいかな」

「それだと大分甘くなっちゃうけど、いいのか？」

「うん。今日はなんかそんな気分かなって」

「わかった。じ、じゃあ、俺も同じにしよう、かな」

　これで果たして大丈夫なのか不安だが、空気（のつもり）の天海さんのほうを見るのはルール違反なので、ここはぐっと我慢する。

「えっと……はい」

「あ、ありがと」

　俺からマグカップを受け取った朝凪も、動きがいつもよりかなりぎこちない。

「……ふう、甘いね。すっごく甘い」

「そりゃうんと甘くしたからな。オーダー通りだ」

「うん。私の想像した通りの甘さだった。素晴らしい、褒めてつかわす」

「どういたしまして」

　二人でソファに腰かけて、二人で一緒にカフェオレより甘いコーヒーを飲む。

　肩と肩をくっつけるぐらいはいつものことなのに、今はなんだかやけに恥ずかしい。

　しかし、だからこそ罰ゲームにはふさわしいと思う。

「……とりあえず、ゲームでもやるか」

「だね。あ、言っとくけど、今日こそ前原に勝ち越してやるんだから」

「やってみな。まあ、今日はなぜか調子が悪いから、少しは可能性あるかもだけど」

「そ、そうなんだ。まあ、私も同じくなぜか調子が悪いから、そこは五分五分ってことで」

ともかくいつも通りやればいいのだ。別に天海さんは俺たちに対していちゃつけなどとは要求していないわけだから。

「ちょ、前原それウザ」

「いやこれが普通だし」

「あ、ちょっとそれ待った。見逃して」

「やだ」

「てい」

「あ、おまっ……人のコントローラーに触んなって」

「え？　私の手がなにかした？　すいません、ウチの手が勝手に」

「このヤロ」

最初はぎこちなかったものの、勝負が白熱するうち、俺も朝凪もいつもの調子を取り戻していく。

「あ、あれ？　朝凪さんどうかしました？　今日はお腹《なか》でも痛いんすか？」

「んぎっ……も、もうワンセットじゃボケっ！」

「はいはい、いいっすよ」

「『はい』は一回！　お母さんにもそう言われたでしょっ」

「はいはい」

「ちょうしのんなおまえ」

「……ごめんなさい」

ちょっといつもより煽《あお》り合いが多めだが、俺と朝凪はだいたいこんな感じである。

果たしてこれで天海さんが満足するかは疑問だが、嘘をついているわけでもないので、このまま続行させてもらう。

「あ〜もうヤメヤメ。二度とやらんわこんなん」

「はは、まあ、次の挑戦お待ちしております」

「んのヤロ……次こそはギャフンと言わせてやるんだから、来週まで首を――」

「いいよ。来週でもいつでも受けて――」

「「……あ」」

そこで、俺と朝凪は気づいてしまった。

一度は『会わない』と決めたはずなのに、いざこうしてみると、結局、無意識のうちにお互いのことを求めてしまっていることに。

こうやって、俺たちは毎週のように過ごしていたのだ。

「……あ〜、もうっ」

「朝凪？　なにを――」

「夕にちゃんと伝えるの。今度こそ、自分の本当の気持ちを」

朝凪は立ち上がり、監視役の天海さんのほうへ。

「……どうしたの？　空気の私に、何か用？」

「夕、ごめん。やっぱり、前原と遊ぶのすごく楽しいや。しばらく会わないとか、そんなの、今の私には無理だ。……絶対に」

そう言って、朝凪は、先日と同じように頭を下げる。

天海さんとも仲直りして、俺との付き合いもそのまま続けていきたい――朝凪も、やはり本音のところは俺と同じ気持ちだったようだ。

「多分、夕との時間を増やしても、このままじゃ、必ずどこかで前原のこと気にしちゃう。夕が目の前にいるのに、頭の中では違う人のことばかり考えるなんて、そっちのほうがよっぽど夕に不誠実なんだ」

「……ほら、やっぱり私の言う通りだったでしょ？　わかってくれた？」

「……うん。今回ばかりは、私の負け」

どうやら罰ゲームの前に、二人の間で話があったらしい。

前原真樹と朝凪海は、そんな簡単に距離を置くなんてもうできっこない――そのことを気づかせるために、天海さんは今日の『お願い』を考えていたのかもしれない。

「ねえ夕、改めて、私のわがまま、聞いてもらっていい？」

「うん、いいよ。今まで海にはもらってばかりだったから、たまには私からもきちんと返してあげたいの。……だって、海は私の一番の親友なんだから」

「あ……」

そう。多くの人にとっては『二番目』かもしれない朝凪でも、誰かにとっての『一番目』になることはできる。

天海さん然《しか》り、朝凪の両親や、その他の人然り。

もちろん俺にとっても……まあ、俺の場合は朝凪しかとくに親しい友達はいないので、『一番』としていいのかは疑問なところだが。

「じゃあ改めて……夕、私の週末の時間だけど、このまま前原にあげちゃってもいい？これからも同じ状況で、夕を寂しくさせちゃうのは申し訳ないけど」

「うん、いいよ。その分、これからはもっと海に甘えさせてもらうから」

「わかった。じゃあ……ありがとね、夕」

「こちらこそ、海」

そうして、仲直りの印とばかりに二人は抱き合い、お互いの非を詫《わ》びる。

これで完全に元通りになるかはわからないが、今の彼女たちなら、これまで以上に仲を深めることができるはずだ。

「さて、と。海とも本当の意味で仲直りできたわけだし、私はもう帰ろうかな。外は暗いし、お腹もすいたし」

「だね。それじゃあ私も一緒に――」

しかし、一緒に帰ろうとした朝凪を、天海さんは手で制した。

「いやいや、今日のところは私一人で帰るから、海は真樹君ともうちょっとゆっくりしてからにしなよ。真樹君も、そっちのほうが嬉《うれ》しいよね？」

「いや、今日は疲れたし、俺は別にもう――」

「嬉しいよね？」

「……は、はい」

天海さんからの思わぬ圧に、俺は反射的に頷《うなず》いてしまった。

一瞬だけ天海さんが朝凪に見えた気がしたが、気のせいだろうか。

「空気の私はもう消えるから、後はゆっくり二人だけの週末を楽しんでね。じゃ、そういうことで～」

「あ、夕……ちょっと」

朝凪が呼び止めるのも聞かず、天海さんはあっという間に俺たちの前から姿を消した。

嵐のように俺たちのことをかき回し、そして太陽のような満面の笑みで去っていく。

ここ数日で思い知ったが、空《そら》さん同様、天海さんもきっと怒らせてはいけない人だ。

「「……」」

取り残された俺たちは、お互い顔を見合わせる。

「……と、とりあえず、映画でも見る？」

「そ、そうだね」

再び同じポジションに戻った俺たちは、今度は映画を見始めることに。

邪魔者はいないが、なぜか先程以上に気まずく、お互い微妙に距離を取ってしまう。

「朝凪、どうする？」

「ん～……前原が見たいヤツならなんでもいいかな」

「なんでもってのが一番困るんだけど……あ、じゃあ、これなんかどうだ？」

テレビの番組表を見ていると、【(特集) 特別企画！　秋の夜長のサメ映画朝までノンストップ12時間！】というのが目に留まった。俺でも知っている不朽の名作から、B級臭漂う知らないものまで。専門チャンネルはたまにこういうのがあるから好きだ。

「お、いいね。んじゃ、それにしよ。私たちにぴったりの内容だ」

「だな」

突っ込み所満載なので、これなら、話のネタに困ることもないだろう。

「──へくしっ！」

チャンネルを変えようとリモコンを手に取ったところで、くしゃみが出てしまった。

今まで気づかなかったが、夜になって大分冷え込みがきつくなってきたらしい。

「！　前原、大丈夫？」

「ああ、うん。ちょっと鼻がむずむずしただけだからだいじょ――へぶしっ」

「……大丈夫じゃないじゃん。寒いなら寒いって言えばいいのに無理するから」

「さ、さっさまでは平気だったんだよ」

「もう、世話が焼けるヤツだなあ……」

そう言って、朝凪は近くにあった毛布を手に取り、俺に手招きしてきた。

「ほら、こっち」

「え？」

「え？　じゃないでしょ。入れてあげるからおいでって言ってんの」

「えっと……それはつまり、その、一緒の毛布にくるまって、ってそういう」

「そ、それ以外に何があるのよ。……察してよ、ばか」

どうやらそういうことで間違いないらしい。

「そ、そうだよな、ゴメン。――くしゅっ！」

「ああもう……ほら、このままだと風邪ひいちゃうから、さっさと入る」

「……お邪魔します」

本当に朝凪の言う通りになりそうだったので、素直に従うことに。

そろそろと隣に腰を下ろすと、すぐに朝凪が俺のほうに身を寄せてきて、二人一緒に毛

布へくるまる形になった。

「あ、せっかくだからマフラーも巻いたげる。こっち顔向けて」

「え……でも、」

「つべこべ言わないの。早く」

「……ん」

言われるがまま、毛布にマフラー、そしてすぐ近くには朝凪本体という形に。

「よし、後は残った半分を私の首に巻いて……っと」

二人で肩を寄せ合うように毛布にくるまって、さらには一つのマフラーで繋《つな》がって。

「どう？ これで暖かいでしょ？」

「そりゃそうだけど……でも、これはさすがに」

……恥ずかしいというか。

「う、うるさいな。私だって我慢してんだから、前原も我慢するの。ほら、映画見よ」

「う、うん」

ひとまずテレビ画面に目を向けるものの、当然、隣が気になって集中できない。

さっきまで寒かったはずなのに、今は恥ずかしさや緊張で逆に体が火照っているような。

そばにいる朝凪から、そして、朝凪の巻いていたマフラーからかすかに甘くていい匂いがして、思わずドキドキしてしまう。

くっついているが、俺の体臭は大丈夫だろうか。お風呂もまだだし、朝凪を不快な気分にさせていないだろうか。

こっそりと、自分の匂いを嗅いでみる。

「前原、なにやってんの」

「いや、密着してるからさ、俺、臭くないかなと思って」

「あ、一応は気にしてるんだね。まあ、気にしたところで無駄なくらいヤバいけど」

「！　ご、ごめん。俺、風呂とかもまだで、だから……」

「ウソ」

「…………」

おもむろに朝凪の頬《ほお》に手を伸ばし、強めにぎゅっとつねった。

「いひゃいいひゃい、ちょ、ちょとマジつねりやめ」

「うるさいバカ」

朝凪のヤツ、こっちが緊張してるのがわかるとすぐこれだ。

「いたた……ごめんごめん。真面目な話、臭くないから安心しなって」

「本当かよ」

「うん。というか、私のほうこそ大丈夫？」

「それは心配しなくていいよ。というか、俺的にはむしろ良い――」

「……ん？」

「あ――」

口から出た瞬間、失言だとわかった。

正直な感想とはいえ、朝凪が良い匂いだなんて。

そんなこと言ったら、俺がまるで変態みたいじゃないか。

「あ――いや、さっきのは俺も気にしないっていうつもりでつい言ったたっていうか……だから、そのヘンな気分になったとか、そういう意味では断じて――」

「……ふふっ」

「な、なんだよ」

「ん～ん。別に慌てて言い繕わなくたって、素直になってもいいのにって思っただけ」

また茶化《ちゃか》されるかと思ったが、珍しく朝凪は真面目に返してくれる。

朝凪の性格上、さっき頬をつねったのが効いたわけじゃないはずだが。

「……おちょくらないんだな」

「そんなことしないよ。だって、匂いについてはおあいこみたいなもんだし」

「おあいこって……」

「ほら、この前お泊りした時のこと、覚えてる？」

「ああ……」

そういえば、あの時の朝凪は、寝落ちしていた時も、お泊りになって寝る時も、俺の毛布と布団にくるまっていた。

あの時の布団は少し前に干していたとはいえ、俺の匂いが完全にとれるわけではないから、多少申し訳ない気持ちはあったのだが。

「おあいこって……じゃあ」

「うん。人の匂いを嗅いでドキドキしてるのは、前原だけじゃないってこと」

そうして、朝凪はさらに俺のほうへと体を寄せてきた。

「……やっぱり前原の匂い、すごい落ち着く。いい匂いじゃないけど、嫌な感じもなくて」

「そっか。ならよかった……のかな？」

「うん。よかった」

制服越しに伝わってくる、朝凪の熱とやわらかさ。

映画のほうはちょうど人喰《く》いザメと現地の超人漁師が戦っているところだが、俺と朝凪の視線は、テレビではなくお互いの顔へと向けられていて。

「ねえ、前原」

「なに？」

「真樹って呼んでいい？」

「……海がそうしたいなら」

「っ……」

瞬間、海の顔がぼっと赤くなった。

「あ、あれ？　海？」

「……ていっ」

「いてっ、なんでデコピンすんだよ」

「真樹のくせに生意気だから」

「名前で呼んだだけだろ。なんて理不尽な」

「へへっ、私はそういう女の子だからしょうがないんです～」

不機嫌そうな顔をしつつも、腕にも手を回されているし。なんなんだ。

嬉《うれ》しそうな顔をしたり、怒ったり、にやけたり、恥ずかしがったり。忙しいやつだ。

でも、そういうところが海の可愛《かわい》いところでもあって。

「……あのさ、海」

「ん？」

「恥ずかしいから、こういうことあまり言わないんだけど」

「うん、なに？」

「今みたいに笑ってる海は、誰にも負けないぐらい可愛い……と思う。少なくとも俺はそう思ってる」

「──」

海は、容姿に関しては天海さんに全てにおいて負けていると思っているようだが、そんなことはない。

本当の朝凪海には、誰にも負けないぐらいの魅力がある。

「だから、さ。いつもみたいに澄ました感じだけじゃなくて、そういう一面もあるってわかれば、もっと皆も海のこと見直すっていうか」

今ここで言うべき話なのかはわからない。しかし、これが俺の今の気持ちだった。

「ねえ、真樹」

「な、なに」

俺の話を聞いた海が、次第に意地悪っぽい笑みへと変わっていく。

「やっぱり真樹って私のこと好きでしょ？」

「うっ……」

今までは友達だなんだと言い訳していたが、さすがにもう無理がある。

初めての感覚だからはっきりとは言えない。

しかし、それでも俺は、海に対して友達以上の感情を抱いている。

初めのうちは気の合う友達という位置づけだったけれど、遊ぶ時間が増えて、文化祭の準備で学校でも一緒の時間ができて。俺の中で海の存在がどんどん大きくなっていって。

目の前にいる女の子のことを、もっと大切にしたい――それはきっと『友達』や『親友』に対して抱く感情ではない。

今はまだ、それを正直に伝えるのは恥ずかしいけれど。

「べ、別に好きじゃないけど……お前なんか」

「いやいや、それはさすがに無理あるっしょ〜。あのさ、言っとくけど『誰にも負けないぐらい可愛い』とか、それもう私のこと大好きじゃなきゃ出てこないセリフだべ?」

「いや、俺にだってそういう気の利いたお世辞ぐらい言えるし」

「ウソウソ〜、もういい加減素直になれよ〜。ほらほら、ちゃんと私のこと見て『好き』って言ってみ？　あ、そだ、ほっぺにチューしてあげよっか？　嬉しいでしょ？」

「あ〜もううっせ、寄るなバカ。嬉しくねえし」

「もう、強がっちゃって〜。つんつん」

「ええい、頬を突っつくな」

この後も、結局帰りの時間になるまで海にずっといじられ続けた。

やっぱり、いつもの二人きりの週末だった。


二人きりの楽しい時間はあっという間に過ぎ、夜。

「あ〜、今日は真樹でいっぱい遊べて楽しかった〜。あれ？　真樹ってばどうしたん？

なんか疲れてない？」

「そりゃ散々おもちゃにされたからな」

あの後も海からのちょっかいを受け続け、逃げようとするも『風邪をひくから』と捕まえられて――おかげで寒さをすっかり忘れさせてもらった。

それに加えて、海のことを『誰にも負けないぐらい可愛い』とか、他にも色々……ああもう、今思い出すだけで耳まで熱くなってしまう。

「……あ〜あ、なにやってんだろうね、私たち。遊ばないってこの前約束したばっかかなのに、こんなにじゃれ合ってさ。夕にも全部許してもらっちゃって」

「……だな。どうしようもないよ、俺たち」

もしや、こうなることを狙って天海さんは海のことを強引に連れてきたのか。

海を連れてきたタイミングといい、意外に策士なところがある。天然なのか計算なのか、あるいは両方か。

「じゃ、そろそろ出ようか」

「うん」

一人の夜道は危ないということで、俺も海の家まで付き添うことにした。まあ、付き添い云々《うんぬん》はどうでもよく、少しでも長く海と一緒の時間を過ごしたかっただけなのだが。

「うう、さむ〜っ！　今度からタイツぐらいは穿《は》いて来なきゃな〜」

マンションの玄関を出た瞬間、冷たい風が俺たちに強く吹きつける。夜とはいえまだ十一月の中頃だが、すでに真冬かというほどに寒い。

「大丈夫か？　ほれ、カイロ」

「ありがと……って、真樹さあ……」

「なに？」

「いや、真樹のことだから機能性重視とか言うんだろうけど……さすがにその服はさ」

やはり服装について文句があるらしい。

もこもこの黒ダウンジャケットに、下は黒のジーンズ。ついでにジーンズの下にはズボン下で防寒対策はばっちりだ。もちろん、クソダサなのは言うまでもない。

「いくら周りに人がいないとはいえ、一応、女の子と一緒に歩くんだから。あと、夜道でそんな格好してたら車に撥《は》ね飛ばされちゃうよ」

「む……」

事実なので反論の余地がない。事故を避けたいのであれば服に蛍光色のシールでもくっつければいいのだが、さすがに交通整理のバイトにまでなりたいとは思わない。

「そうかな……でも、どうしても服を選ぼうとすると、紺とか黒とか、グレーみたいな地味で暗い色を選んじゃうんだよな。明るい服は……なんか合う気がしなくて」

「それは単純にかお……じゃなくて髪型とかの問題でしょ。前髪だけでもちょっと切れば全然印象違うから。多分、おそらく、いやもしかしたら……」

「相変わらずの冴《さ》えない顔で悪かったな」

「ふふ、そんなむすっとしない。今の真樹、前の仏頂面と較《くら》べると大分柔らかくなってるから、やり方次第で印象変わると思うし、きっと大丈夫だよ」

そうだろうか。まあ、海が言うのであれば、信じていいのかもしれない。

「わかった。じゃあ来週あたり、また色々教えてくれ」

「うん。また来週、ね」

また来週。いつもの時間、いつもの場所で、二人きりで。

そう約束を交わして、俺たちは、無言のまま、ゆっくりと朝凪家へと続く道を歩いていく。

「……海、あの、」

「……うん、いいよ」

俺たち以外誰もいない、等間隔に街灯が照らす道の端を行きながら、俺と朝凪はどちらからともなく手を繋《つな》ぎ合った。

そのままだと寒いので、俺のポケットの中に海の手を招き入れる。

「……あったかいね。悔しいけど、確かに機能性は抜群だ」

「だろ？　元々あったかい中に、カイロまで入れてるからな」

「じじクサいなあ……まあ、今だけは許してしんぜよう」

「そりゃどうも。まあ、人前だと恥ずかしいからできないんだけど」

「……だね。これはヤバい」

もしこんなところをクラスの誰かに見られたら面倒だが、しかし、仮に目撃されたところで、この付き合いを止めるつもりはない。

俺はこれからも、朝凪と親しい友達関係であることを殊更アピールするつもりもないし、こそこそしすぎることもない。海とは、これからはそんな感じで学校でも付き合っていけたらと思っている。

「真樹……もうすぐ、家に着いちゃうね」

「……うん」

ゆっくりめのペースで歩いていた俺たちの一歩一歩の歩幅が、さらにまた挟くなる。

冷え込みの激しい夜の帰り道。

いつもならすぐに家の中に飛び込んで暖をとりたいはずなのに、今だけは、まだこのままでいたい。しっかりと握った手のぬくもりを、もう少しだけ感じていたい。

「ねえ、真樹」

「……なに？」

「私のこと、好き？」

「……」

その言葉に、とくん、と不意に胸が高鳴る。

「それはその……どういう意味で？」

「さて、どういう意味でしょう？」

「む……」

またずるい質問をする。

海のことは大事な友達で、そういう意味でならもちろん『好き』だ。それなら、お互いに『好き』で間違いないのだろうが。

「し、質問が難しすぎて、俺にはよくわからない……かな」

「……好きか嫌いか言うだけなのに？」

「好き嫌いってのは、そんなに単純な感情じゃないだろ」

それは海だって、天海さんとのことで実感しているはずだ。

好きだけど嫌いだったり、好きだからこそもっと好きになりたかったり。

俺の今の気持ちは、何が正解なのだろう。

「逆に海は俺のこと好きなのかよ？　さっきの質問の意味って、そういうことなんだぞ」

「ん〜、そう言われると難しくはあるけど……」

少し考えた後、海は俯《うつむ》き加減でぼそりと呟《つぶや》いた。

「……私は真樹のこと、好きじゃないかもしれない」

「またそんな微妙な言い方……嫌いってわけじゃなくて？」

「うん。だって、私は真樹のこと、好きじゃなくて……」

一呼吸あって、海が続けた。

「……大好き、だから」

「――え？」

好きじゃなくて。

大好き。

それはいったい、どういう意味で――。

「――っと、そうこうしてるうちに家の前に着いちゃったね。……じ、じゃ、私はこれで」

「あ、う、うん。じゃあ、また来週」

「うん。また来週ね」

耳まで真っ赤にした海が、慌てた様子で玄関の向こうへと消えていった。

「だからさ、そういうの……」

突然放り込まれた言葉の意味をなかなか理解できずに、俺は、しばらく朝凪家の前でぼーっと立ち尽くした。

……そういうの、ずるいって。

それ以降、土日を過ぎ、月曜日になっても、俺は当然のごとく悶々《もんもん》とした時間を過ごしていた。

──好きじゃなくて、大好きだから。

「むう……」

先日の夜、海の口からこっそりと告げられた一言が、耳にこびりついて離れない。

「海のやつ、どういう意味であんなことを……」

わざわざ大好きと言うぐらいだから、友達的な意味での好意ではない……とは思う。

真意はわからないが、友達以上の感情を抱いているということだ。

そうなると、あの時の海の言葉は……告白ということか。

そうだとしたら、それはもちろん嬉《うれ》しい。好意を抱いていた女の子から『大好き』だと言われたのだから。

「返事、すべきだよな……いやでも、まずはちゃんと気持ちを確かめないことには」

恋愛的なものか、友達的なものか。前者なら俺が返事をすればいいだけだが、後者なら、俺はただの勘違い野郎だ。

海が俺のことをどう思っているか、その心の内を知りたい。でも、改めて『俺と恋人になりたいのか』なんて、そんなデリカシーのないことを訊《き》けるはずもない。

今日は月曜日の早朝だが、海からの電話やメッセージはないし、当然、俺もしていない。

「おはよ、真樹。お母さん今日は遠方で打ち合わせあるから先出ちゃうけど……って、アンタベッドの上でなにしてんの？　毛虫のマネ？」

「……別に。なんでもない」

「そう？　アンタ、休みの日からずっと今みたいな感じだけど。……今まで訊かなかったけど、もしかして、金曜日に海ちゃんと何かあった？」

どうやら様子を見られていたらしい。休日の間はずっと海の『大好き』が頭から離れず悶々としていたので、周囲に気を配る余裕がなかったのだ。

「……べ、別に、なにもないけど……」

「ふ〜ん。ま、言いたくないんだったら別にいいけど。でも、家に連れ込むんだったら、ちゃんと言いなさいよ。お金、いつもより多めに用意してあげるから」

「……わかってるよ。行ってらっしゃい」

「はいはい、行ってきます」

母親を見送って、俺もさっさと朝の準備を始めることに。結局、さっき考えていたようなことがずっと頭の中をぐるぐるしていたせいで、あまり眠れなかった。

いつもより日のくまが目立つ。別に嫌な悩みではないのだが、これだと海にヘンに思われてしまうかもしれない。

なんとなく学校へ行くのに気が進まない月曜日は幾度もあったが、まさか、女の子からの告白の返事がその理由になるとは、数か月前には思いもしなかったことだ。

「こんな俺でも、海は俺のことが大好き……」

お湯を沸かすケトルに映る自分の歪《ゆが》んだ顔。むすっとしているように見えるし、目つきが悪いくらいで、特徴があるわけでもない。

そんな俺のことを想《おも》ってくれる人なんて、後にも先にも、きっと海しかいないと思う。

外見は良くなく、ぼっちをこじらせてひねくれた内面を持った自分のことを、それでも『大好き』だと言ってくれた女の子。

だからこそ、海に対して、今の自分の気持ちを正直に伝えなければ。

……勘違い野郎になった時は目も当てられないけれど。

「……うん、決めた」

気合を入れるようにして熱いコーヒーをぐいっと一口飲んだところで、インターホンが、前原家にはとくに珍しい朝の来客を告げた。

「はい」

『えへへ。真樹君、おはよ～』

『……お、おはよ、真樹』

「天海さん……それと、海」

モニターを見ると、そこには先週末と同じ顔が並んでいた。

ニコニコ顔の天海さんと、そして、頬《ほお》を染めて俯き加減の海。

家に上がってもらい、詳しく話を聞くことに。

「ごめんね、真樹君。いきなり押しかけたりして」

「いや、もう支度は済んでるからいいんだけど……それより、何かあった？」

「うん。金曜日のことで、海から相談されてさ。もちろん、私が帰った後のことね」

「……ああ、なるほど」

もしやとは思ったが、天海さんには全て打ち明けたらしい。

となると、やっぱり海は――。

そして、海の目の下には、珍しく、うっすらとくまができていて。

「海、あの、目の下――」

「っ……み、見るな、ばかっ」

……もしかしたら海も、休日の間は俺と似たような心境だったのかもしれない。

気恥ずかしくて、俺も海も、思わず視線を逸《そ》らしてしまう。

「でも、天海さん、どうして朝からここに？」

「うん。実はもう一個だけ、二人にやってほしいことがあって」

「え……」

　まさかのおかわり。これはちょっと予想外である。

「そ、それって、もしかして今から？」

「うん。後で話すけど、ちょっと色々と事情があって……もちろん受けるかどうかは二人の自由だし、やらなくても、この前のことをナシにするとかはないけど」

「つまり、純粋な天海さんからのお願いってこと？」

「そそ。そんな感じ」

　つまり、どうするかは単純に俺や海の判断に委ねると。

　先週のことを考えると、また俺や朝凪にとって羞恥的なダメージを受けることをやることになるのかもしれない。これからすぐ登校なので、多くの人の目がある中なのは確定だ。

「……わかった。いいよ、別に」

「真樹っ……」

　そんな返事で引き受けた俺に、朝凪が不安そうな顔を見せる。

「い、いいの？　まだ何やるかも夕から言われてないのに」

「確かに嫌な予感しかしないけど……まあ、先週からの流れもあるし、罰ゲームの続きってことで受けちゃってもいいかなって。それに、天海さんも困ってそうだから」

　思えば、天海さんが誰かにそんなお願いをするということは、それだけ今回の『事情』

に困っているというのは事実だろう。

天海さんとは『友達』だから、俺の助けでどうにかなるのなら、できるだけ協力してあげたい。

海の大切な人であれば、それは俺にとっても大切な人なのだから。

「あと、それにさ……海」

「なに？」

天海さんが目の前にいるが、まあ、言ってしまっていいだろう。変に恥ずかしがるよりは、こちらのほうがいい。

「俺もその、海と同じ気持ちだから。……一応それだけ今のうちに伝えとく」

「あ……えっと、う、うん。わかった」

意味がわかったのか、海は顔を真っ赤にさせて俺から視線を逸《そ》らす。

ばか、という俺に対して向けられた海の呟《つぶや》きが、今はとても耳に心地いい。

「んふ～、ってことで真樹君はこう言ってるけど……海、どうする？」

「……真樹がやるんだったら、私もやるよ。元々そのつもりだったし」

「なら、決まりだね」

俺も海も腹はくくっているわけで、なんでもこいという心境ではあるが。

「それじゃ、さっそく二人には仲良く登校してもらいましょうか。……んふふっ」

まさか、ここまで恥ずかしい思いをすることになるとは。

「……ま、真樹さ、ちょっと手汗すごすぎなんだけど」

「そ……そう言う海こそ、大分湿ってるけど」

「し、仕方ないでしょ。私だって、こんなことするの初めてなんだから」

俺たちは今、手を繋《つな》いで仲良く朝の通学路を歩いている。しかも、指と指をしっかりと絡ませた状態……所謂《いわゆる》『恋人繋ぎ』というやつだ。

——なんだよアイツら、朝っぱらから。見せつけかよ。

——あれ一年生？　女の子のほうかなり可愛《かわい》いじゃん。相手はなんか冴《さ》えない陰キャっぽいけど。罰ゲーム？

通学時間帯のピークのため、仲睦《なかむつ》まじい（ように多分見えている）俺たちへ向けて、そんな言葉が投げかけられる。羨望１割、のこり俺への嫉妬９割といったところか。

舌打ちの一つでもしたいところだが、しかし、今の俺にはそんな余裕はない。

とにかくさっさと天海さんからの『お願い』を終わらせよう——そんな思いで頭がいっぱいだった。

「海、天海さんどこらへんにいる？」

「ん〜……ちょうど私たちの10メートル後ろってとこ……なんか電柱の陰に隠れて一人で

ニヤニヤしてる」

「……天海さんが楽しそうでなにより、でいいのかな」

天海さんが俺たちにやって欲しいこと――それは、『家を出てから教室に入るまで、ずっと恋人繋ぎで登校すること』だった。

当然、教室に入った瞬間に一斉に注目を浴びるわけだが、教室に入った後は、特に何事もなかったように振る舞っていいし、仲をアピールする必要もないという。

まあ、認めようが認めまいが、手を繋いでいる時点で、たとえ恋人でなくても、俺と海がそれなりに親密な関係であるのは疑いようのない事実なのだが。

「そんなことより、まさかクラス内で俺と天海さんが付き合っているらしい、なんて噂《うわさ》が流れてたとか……海、知ってた？」

「うん、実は。私も新奈《にな》とか他のクラスの子からも探られてて。まあ、所詮根も葉もない話だったたから適当に流してたし、いつものことだから私も忘れてたんだけど」

噂の出所は不明だが、とにかく、文化祭準備中やその後ぐらいから、そういう根も葉もない話がひそかにクラス内外に回っていたらしい。俺はぼっちなので、回ってこなかったが。

後方では、いつの間にか天海さんの隣に新田《にった》さんが加わっている。スマホでの撮影は天海さんがやんわり抑えているものの、それ以外の詮索は覚悟すべきか。

「新奈……ふふっ、あのヤロあとで絶対……」

「海さん、あの、あんまり強く握られると手が痛いといいますか……」

物騒なことを呟く海のことを宥《なだ》めつつ、俺たちは校門を通り、そのまま教室へ。

すでに教室にいた面々の反応は、もちろん語るまでもないだろう。

「じゃ、じゃあ、私こっちだから」

「う、うん」

何事もなかったように手を放してそれぞれの席に向かうわけだが、格好のネタを見つけたクラスメイトたちがそれで許してくれるわけもなく。

──ああ、やっぱりそっちだよなあ。

──誰だよ、天海さんと付き合ってるってデマ流したヤツは。

──いや知らんけど……お前ちょっとどっちかに訊《き》いて来いよ。

──やだよ。なんかさっきから朝凪が怖《こえ》えもん。

海はというと、遅れて教室に入ってきた天海さんといつも通り談笑しつつ、新田さんのこめかみに思いっきりアイアンクローをかましている。

「は～い皆出席取るよ……って、どしたの皆？　なんか事件あった？」

「ありませんよ、八木沢《やぎさわ》先生。早くＨＲ始めましょう」

「朝凪さん？　あれ、今日あなた日直だったっけ？」

「違いますけど。でも早く始めましょう」

「それはわかってるけど、でもいつもと明らかに様子違――」

「同　じ　で　す　け　ど　？　」

「ひいっ……」

今の朝凪にだけは触らないほうがいいことは、先生も瞬時に理解したようだ。

「そ、そうね。ごめん、私の気のせいだった。じゃあ、出席とりまあす……」

謎の迫力で八木沢先生を威圧し、何事もなくHRを進めさせる海。

「あのさ、前原君」

「ごめん。この件に関しては大山《おおやま》君の想像におまかせするよ」

ちなみにその後の授業中、海はずっと耳まで真っ赤にしていてとても可愛かったことをここに付け加えておく。

エピローグ

恋人繋ぎ事件によるクラスの好奇の視線をなんとか耐え抜き、数日後。

恋人なのか友達関係なのか微妙なところで宙ぶらりんとなっている俺と海《うみ》だったが、二人でいる時間は、以前よりも確実に増えていた。

まず、朝の時間。

起きたばかりでまだ意識の覚醒も半分ほどというところで、最近とくに忙しい我が家のインターホンが鳴る。

「はいはい、前原《まえはら》です」

『おはようございます、真咲《まさき》おばさん。真樹《まき》、起きてますか？』

「あら、おはよう海ちゃん。真樹なら今ものすごい寝癖つけて起きてきたところ」

『わかりました。じゃあ、ちょっとお邪魔して気合注入させてもらいますね』

「インターホンの前で平手打ちの素振りをするんじゃないよ」

母さんが応対しているところに俺が割り込むと、海の表情がぱっと明るくなる。

俺よりも早く起きて、こうして迎えに来ているはずなのに、元気なものだ。

「ん、おはよう。とりあえず上がれよ」

『真樹、おはよ』

『うんっ』

こんな感じで、毎日ではないものの、時間がある時は一緒に登校するようになった。といっても、途中で天海《あまみ》さんと合流するので、ずっと二人きりでもないのだが。

周りからの嫉妬の視線は当然多くなっているわけだが、それは別の話。

「おじゃましま……うっわ、いつにも増してひどい頭。直してあげるから、こっちおいで」

「い、いいよ別に。このぐらい水つければ余裕だし」

「ついでにちょっと整えてあげるって言ってんの。はい、ここ座って」

そう言って、海は愛用のワックスと櫛《くし》を使って、手際よく俺の寝癖を直していく。

「……母さん、なに一人でニヤニヤしてんだよ」

「ん〜？　これでもう真樹の将来の心配はしなくていいな〜って思っただけ」

「はあ、そっすか」

母さんからの生温かい視線に耐え、五分ほど。あっという間に髪型のセットが終わった。

「はい、こんなもんかな。どう？」

「うん。悪くない……と思う」

渡された手鏡に映る自分の顔が冴《さ》えないのは相変わらずだが、まあ、許容範囲だろう。いつもの適当な手櫛によるボサボサ頭ではなく、ちゃんとした無造作ヘアという感じ。後は、毎日の夜更かしで深く刻まれたくまさえなんとかすれば、わりと見られる顔になってくれる……かもしれない。

「お礼は？」

「……あ、ありがとう」

「へへ、どういたしまして。……かっこいいよ、真樹」

「っ……おだててもなにも出ないぞ」

「ま、さっきに較《くら》べたらだけどね。コンマ１％増しぐらい？」

「おい」

ちょっとドキッとしてしまった俺の時間を返してほしい。

「あらあら、まあまあまあ……うふふ」

母さんが俺たちの様子をデジカメに収めているのは無視するとして、こんな感じで、まだ日は浅いものの、海はもう随分と前原家に馴染《なじ》みつつあった。

こうなってくると次は俺のほうになるのだが、海によると、空《そら》さんが父親の大地《だいち》さんに俺のことを嬉《うれ》しそうに報告しているのを耳にしたらしく、いよいよ逃げ場がなくなってきたと感じる。お泊り事件をきっかけに、母さんと空さんは頻繁に連絡を取り合うぐらい仲良しになったそうで、おかげで外堀も着々と埋められつつあった。

ひとまず俺のことをウザいくらいに冷やかしてくる母さんを仕事先へと追い出して、俺と海は、しばしの間、ゆっくりと二人で過ごすことに。

いつもは味気ない朝のブラックコーヒーが、今、ほのかに甘く感じるのはなぜだろう。

「ちょっと早いけど、そろそろ行く？」

「そだね。陸《りく》もさっき家出たって」

二人で食器の後片付けを終えて、二人で一緒に家を出る。

もちろん、お互いに手をしっかりと握ったまま。

「……海、あのさ」

「うん？」

「あの時の返事、なんだけど」

エレベーターで二人きりになったのを見計らって、俺は意を決して切り出すことにした。

はっきりせずここまで来てしまったが、さすがに有耶無耶《うやむや》のままは気分が悪い。

「大好きって言ってくれて、ありがとう。今まで友達もいなくて、クラスでも空気扱いで、顔も冴えない俺でも、こんなに可愛い子と仲良くなれるんだって、すごく嬉しかった」

「……そっか。じゃあ、ちょっとは勇気出した甲斐《かい》あったかな」

多分、海が見つけてくれなければ、俺はさらにぼっちをこじらせて、自分の殻に閉じこもっていただろう。文化祭の実行委員を最後まで務めあげられたのも、それによって少しずつクラスメイトたちの見る目が変わったのも、全て、海やそれに関わる繋《つな》がりのおかげだ。

自己紹介の失敗が引き連れてきた、思いがけない幸運。

「その、今はまだ友達がようやくできたばっかりで、彼氏とか彼女とか、恋人とかそういう付き合いとかよくわからないし、まだ胸を張って、朝凪《あさなぎ》海の恋人ですって、言えるような自信はないけど」

それでも、もう二度とないかもしれないこの縁を、自分から手放すようなことはしたくないから。

「……だから、海。ヘタレな返事で申し訳ないんだけど、きちんと自信をもって海のことを好きって言えるまで、もうちょっとだけ待って欲しいんだ。朝凪海と付き合ってますって、堂々と皆の前で胸張って言いたいから」

今のようにコソコソ隠れてじゃれ合うのも楽しくはあるけれど、それがきっかけで面倒事が起こったのもまた事実なわけで、これからさらに一歩進んだ関係になるのなら、堂々としたほうがきっといいはずだから。

「じゃあ、もうしばらくはこの関係でいたいってこと？」

「このままというか……そうだな、」

お互いに異性として意識してしまっている以上、最初のような付き合いに戻れというのは難しいと思う。だから、

「……恋人になることを前提にした、お友達付き合い、みたいな」

「それって、結婚を前提にしたお付き合い、的な？　お友達から始めましょうってやつ」

「俺もうまく言えないけど、そんな感じ……だと思う」

俺と海はすでに友達なので、その表現が適切かどうか微妙だが。

「なるほど。つまり真樹は生意気にも私をキープしておきたいと」

「そ、そんなつもりは……いや、でもそう思われてもしょうがないよな……ごめん」

「本当だよ。でも、真樹にとっての本命が私なのは動きようがないわけだし？　そこは注意だけに留《とど》めておいてあげる。よかったね、真樹。私が理解のある甘い女の子で。他の子だったらぶっ飛ばされるだけじゃ済まないよ」

だろうと思う。本当、性格も、容姿も、俺にはもったいないぐらいの女の子だ。

これで『クラスで2番目に可愛《かわい》い女の子』……クラスの連中の目は節穴もいいところだ。

「とにかく、真樹の気持ちはわかったからひとまず安心かな。まあ、友達になってようやく三か月ってところだし、あんまり急がずゆっくりしたって、罰は当たらないよ」

「……そっか。そうだといいな」

「うん。他の人のことは考えず、私たちは私たちのペースで行こ」

エレベーターを降りると、朝のひんやりとした風が俺たちを出迎える。

今日も気温は朝から一桁台で、風も強い。ちゃんと暖かくしないと。

「あ、真樹。なんか落としたよ、足元」

「え？　ああ、ごめん。もしかして家の鍵かな――」


――ちゅっ。


視線が海から外れた次の瞬間、俺の顔に、少し湿ったやわらかな感触が押し当てられた。

海に、頰《ほお》へキスされた。

「う、海……えっと、あの……」

「へへん、隙あり～」

呆然《ぼうぜん》とする俺の頰からさっと体を離すと、海は、人差し指を自らの唇に当てながら続けた。

「唇のほうは、ちゃんと恋人になってからね。……じゃ、私は先に夕と合流してるから」

「あ……う、うん。わかったけど」

「えへへ。……真樹、私、待ってるから」

耳まで真っ赤にした海は、そうはにかんで俺のもとから走り去っていった。

「だから、そういうのダメって……」

二人のペースでというのは同意だが、これはちょっと飛ばしすぎではないだろうか。

あとがき

この場でこうしてあとがきを書くのはおよそ一年半ぶりとなります。作者です。

今年に関しては、年が明けてから体調が芳しくなく、常に体のどこかに不調を抱えつつの作業に加え、新型コロナウイルスの感染拡大もあり、なにかと健康面で不安が多い日々でした。作業が終わり、こうしてあとがきを書くことができほっとしています。

さて、こちらの『クラスで2番目に可愛《かわい》い女の子と友だちになった』は、第6回カクヨムWeb小説コンテストで特別賞を受賞した同タイトルを書籍版に改稿したものとなっております。話の流れは大まかには変わっておりませんが、作中のイベント等については変更しているところもありますので、Web版と比較してみるのもいいのかなと思います。

最後に、今回書籍を出版するにあたり協力してくださいました皆様へのお礼を。

スニーカー文庫編集部、および作品担当編集K氏、担当イラストレーターの長部《おさべ》トム先生、校正担当、さらにコンテスト選考委員の皆様、そして、現在も更新を継続していますが、連載をいつも追いかけていただいている読者の皆様、御礼申し上げます。

今もまだ色々と不安の残る日々かと思いますが、健康に気を付けてお過ごしください。

クラスで２番目《ばんめ》に可愛《かわい》い女《おんな》の子《こ》と友《とも》だちになった

著　たかた

角川スニーカー文庫　22932

2022年１月１日　初版発行
2023年８月５日　14版発行

発行者　山下直久

発　行　株式会社KADOKAWA
〒102-8177 東京都千代田区富士見2-13-3
電話　0570-002-301（ナビダイヤル）

印刷所　株式会社KADOKAWA
製本所　株式会社KADOKAWA

Printed in Japan　ISBN 978-4-04-112034-7　C0193

★ご意見、ご感想をお送りください★
〒102-8177 東京都千代田区富士見 2-13-3
株式会社KADOKAWA　角川スニーカー文庫編集部気付
「たかた」先生
「長部トム」先生

角川文庫発刊に際して

角川源義

第二次世界大戦の敗北は、軍事力の敗北であった以上に、私たちの若い文化力の敗退であった。私たちの文化が戦争に対して如何に無力であり、単なるあだ花に過ぎなかったかを、私たちは身を以て体験し痛感した。西洋近代文化の摂取にとって、明治以後八十年の歳月は決して短かすぎたとは言えない。にもかかわらず、近代文化の伝統を確立し、自由な批判と柔軟な良識に富む文化層として自らを形成することに私たちは失敗して来た。そしてこれは、各層への文化の普及滲透を任務とする出版人の責任でもあった。

一九四五年以来、私たちは再び振出しに戻り、第一歩から踏み出すことを余儀なくされた。これは大きな不幸ではあるが、反面、これまでの混沌・未熟・歪曲の中にあった我が国の文化に秩序と確たる基礎を齎らすためには絶好の機会でもある。角川書店は、このような祖国の文化的危機にあたり、微力をも顧みず再建の礎石たるべき抱負と決意とをもって出発したが、ここに創立以来の念願を果すべく角川文庫を発刊する。これまで刊行されたあらゆる全集叢書文庫類の長所と短所とを検討し、古今東西の不朽の典籍を、良心的編集のもとに、廉価に、そして書架にふさわしい美本として、多くのひとびとに提供しようとする。しかし私たちは徒らに百科全書的な知識のジレッタントを作ることを目的とせず、あくまで祖国の文化に秩序と再建への道を示し、この文庫を角川書店の栄ある事業として、今後永久に継続発展せしめ、学芸と教養との殿堂として大成せんことを期したい。多くの読書子の愛情ある忠言と支持とによって、この希望と抱負とを完遂せしめられんことを願う。

一九四九年五月三日